MARK TWAIN

WITHDRAWN

La guerra del chocolate

Robert Cormier

Traducido por Javier Franco

Santillana USA

Original Title: *The Chocolate War*
Text © 1974 by Robert Cormier

This Edition © 1997
by Santillana USA Publishing Company, Inc.
2105 N.W. 86th Avenue, Miami, FL 33122

3 3090 01270 8485

Printed in the United States of America.

ISBN: 1-56014-666-4

Éste se lo dedico a mi hijo Peter.
Con todo mi afecto.

Índice

La guerra del chocolate

Capítulo 1

Lo hicieron picadillo.

Cuando se giró para coger la pelota, sintió como si una presa le reventara en la sien y una granada de mano le estallara en el estómago. Inmovilizado por la náusea, se desplomó sobre la hierba. Dio con la boca contra la grava y escupió como un poseso, temeroso de que le hubiesen desprendido algunos dientes. Al volver a levantarse, el campo apareció ante sus ojos velado por una bruma flotante, pero aguantó hasta que todo volvió a la normalidad, como un objetivo que enfoca un mundo al que le han devuelto sus aristas, su nitidez.

En la segunda jugada había que dar un pase. Se escabulló hacia atrás, aprovechó un bloqueo aceptable y amartilló el brazo buscando un receptor, quizá aquel chico alto al que llamaban el Cacahuete. De repente lo atraparon por detrás y echó a rodar con violencia, como un barquito de juguete en medio de un torbellino. Aterrizó de rodillas, abrazado a la pelota, y se exigió no hacer caso al dolor que le atenazaba las ingles, consciente de lo importante que era no revelar el más mínimo apuro, con el consejo del Cacahuete en la cabeza: "El entrenador te está poniendo a prueba, y sólo le valen los tíos con redaños".

"Pues yo tengo redaños", murmuró Jerry, levantándose poco a poco, tratando de que no se le descoyuntasen ni huesos ni tendones. Un teléfono timbró en sus oídos, como recordándole: "¿Diga, diga? Sí, sigo aquí".

Al mover los labios, sintió el sabor acre de la tierra, de la hierba, de la grava. Estaba consciente de la presencia de los demás jugadores a su alrededor, de sus cascos de seres grotescos, criaturas de un mundo desconocido. Nunca antes se había sentido tan solo, abandonado, indefenso.

En la tercera jugada, se le echaron encima tres al mismo tiempo: uno a las rodillas, otro al estómago, el tercero a la cabeza...; y el casco no le sirvió de nada en absoluto. Fue como si el cuerpo se le plegara hacia dentro y las distintas partes no lograsen encajar. Se quedó perplejo al comprender que el dolor no es una criatura de una sola pieza, sino un ser múltiple y astuto, agudo en un punto y nauseabundo en otro, una quemazón aquí y un zarpazo allá. Se llevó las manos al cuerpo a la vez que hacía impacto en el suelo. La pelota se le escurrió de las manos. El aliento se le escurrió de los pulmones, igual que la pelota. Una terrible quietud se apoderó de él. Y entonces, al filo del pánico, el aire volvió a penetrar en su interior. Sintió el rocío de la humedad en los labios y dio gracias por el aire fresco, el dulce aire fresco que le llenó los pulmones. Pero, cuando intentó levantarse, el cuerpo se le rebeló contra toda tentativa de movimiento. Decidió mandarlo todo al diablo y echarse a dormir allí mismo, allí, justo en la línea de cincuenta yardas. Al diablo con intentar clasificar para el equipo, a la mierda con todo, porque lo que era a él, no le importaba...

—¡Renault!

Parecía tan ridículo que lo llamasen ahora.

—¡Renault!

La voz del entrenador le raspaba los oídos como una

lija. Abrió los ojos entre parpadeos.

—Estoy bien —dijo, sin dirigirse a nadie en particular, aunque a lo mejor era a su padre, o al entrenador.

No tenía ganas de abandonar aquella maravillosa languidez, pero no le quedaba más remedio, por supuesto. Le daba pena tener que despegarse de la tierra y sentía una vaga curiosidad por saber cómo iba a ser capaz de levantarse así, con las dos piernas destrozadas y el cráneo hundido. Le invadió el asombro al verse de pie, intacto, balanceándose como uno de esos muñecos que se columpian de los parabrisas de los coches, pero erguido.

—Por Dios —bramó el entrenador con desdén.

Un chorro de saliva alcanzó a Jerry en la mejilla.

"Eh, entrenador, me has escupido", se quejó Jerry. "Deja de escupirme, entrenador". Pero lo que dijo en voz alta fue:

—Estoy bien, entrenador.

Porque Jerry era un cobarde en ese sentido, como cuando pensaba una cosa y decía otra, o como cuando planeaba una cosa y hacía otra. Había actuado como un San Pedro mil veces y por miles se contaban los gallos que habían cantado en su vida.

—¿Cuánto mides, Renault?

—Uno setenta y cinco —dijo entre jadeos, aún con problemas para respirar.

—¿Y pesas?

—Setenta y tres —dijo, mirando al entrenador directamente a los ojos.

—Sí: calado de arriba abajo —dijo el entrenador con acritud—. ¿Por qué leches te ha dado por querer jugar al fútbol americano? Tendrás que echarle más carne a ese saco de huesos. ¿Y por qué diablos te ha dado por querer ser director de juego? Te iría mejor de extremo. Tal vez.

El entrenador parecía un gángster a la antigua usanza: nariz rota y una cicatriz en la mejilla, como si le hubieran cosido una lazada de zapatos encima. Necesitaba urgentemente un afeitado, y la barba descuidada que llevaba era una sucesión de astillas de hielo. Gruñía, soltaba tacos y no tenía piedad. Pero era un entrenador de puta madre, según decían. Y ahora lo estaba mirando fijamente, escrutándolo con aquellos ojos oscuros, examinándolo. Jerry se quedó allí colgado, intentando no tambalearse, intentando no desmayarse.

—Vale —dijo el entrenador con asco—. Pásate por aquí mañana. A las tres en punto, si no quieres acabar antes de haber empezado.

Entre sorbos preciosos de aquel aire dulce y cortante —tenía miedo de abrir la boca de par en par, miedo de hacer cualquier movimiento que no fuera absolutamente esencial—, echó a andar como buenamente pudo hacia la banda; al tiempo que escuchaba al entrenador ladrarle a otros. De repente, sintió que adoraba aquella voz. "Pásate por aquí mañana".

Salió del campo caminando con dificultad y se dirigió a los vestuarios del gimnasio. El sol de la tarde le hacía parpadear. De repente, sintió las rodillas como de agua y el cuerpo ligero como el aire.

"¿Sabes qué?", se preguntó, empezando un juego al que se dedicaba de vez en cuando.

"*¿Qué?*"

"Que voy a clasificar para el equipo".

"*Que sueñas, te digo*".

4

"No estoy soñando; es la verdad".

Al volver a inspirar profundamente, Jerry sintió una punzada de dolor, remota, pequeña, una señal de radar pidiendo ayuda. Bip, estoy aquí. El dolor. Los pies se le arrastraban entre disparatadas hojas en forma de copos de maíz. Le invadió un extraño sentimiento de felicidad. Sabía que los jugadores del otro equipo lo habían hecho puré, que lo habían revolcado y arrojado al suelo de forma humillante. Pero había sobrevivido... Se había levantado "Te iría mejor de extremo". ¿Acaso pensaba el entrenador que podría probarlo de extremo? La posición daba igual, con tal de poder jugar en el equipo. El bip se agrandó y encontró su lugar en algún punto entre las costillas del lado derecho. Se acordó de su madre y de lo drogada que estaba al final, cuando ya no reconocía a nadie, ni a Jerry ni a su padre. El júbilo del momento se desvaneció y lo continuó buscando en vano, como quien busca el recuerdo del éxtasis un instante después de correrse y sólo encuentra culpa y vergüenza.

La náusea empezó a extendérsele por el estómago, cálida, cenagosa y maligna.

—¡Eh! —exclamó débilmente.

Pero no le hablaba a nadie. Allí no había nadie que le pudiera escuchar.

Logró volver a la escuela. Para cuando se hubo tirado en el suelo del baño, con la cabeza colgando sobre el borde de la taza y con el olor a desinfectante picándole en los ojos, la náusea se había ido y el bip de dolor se había apagado. El sudor avanzaba como si estuviera hecho de insectos húmedos que le recorrían la frente.

Y entonces, sin previo aviso, vomitó.

Capítulo 2

Obie estaba aburrido. Peor que aburrido. Estaba asqueado. También estaba cansado. Le daba la impresión de que últimamente estaba siempre cansado. Se acostaba cansado y se despertaba cansado. No paraba de bostezar todo el rato. Pero sobre todo, estaba cansado de Archie. Del cabrón de Archie. Un cabrón al que Obie tan pronto odiaba como admiraba. Por ejemplo, en aquel preciso instante odiaba a Archie con un odio especial y ardiente que formaba parte del aburrimiento y de la fatiga. Cuaderno en mano, lápiz en ristre, Obie estaba mirando a Archie con una ira feroz, furioso por el modo en que Archie se había instalado allí en las gradas, dejando que la brisa le acariciara suavemente los cabellos rubios, pasándoselo en grande, tanto que daban ganas de echarse a llorar, incluso aunque sabía que Obie llegaría tarde al trabajo, pero obligándole a quedarse allí, tomándose su tiempo, matando el rato.

—Eres un verdadero cabronazo —dijo Obie por fin, sintiendo que reventaba de frustración, como cuando una Coca-Cola entra en erupción al salir de la botella después de agitarla—. ¿Lo sabías?

Archie se giró y le sonrió con benevolencia, como un reyezuelo concediéndole a alguien su favor.

—¡La hostia! —dijo Obie desesperado.

—No blasfemes, Obie —le regañó Archie—. Tendrás que contarlo cuando te confieses.

—Mira quién habla. No me explico cómo has podido tener narices para ir a misa y recibir la comunión esta mañana.

—No es una cuestión de narices, colega. Cuando tú desfilas por el pasillo, recibes la Sagrada Forma. Lo que soy yo, no hago más que masticar una oblea de las que venden por libra en Worcester.

Obie apartó la vista con asco.

—Y cuando tú dices "Cristo", estás hablando de tu jefe. Pero cuando yo digo "Cristo", de quien hablo es de un tipo que estuvo dándose un garbeo por estos pagos durante treinta y tres años, un tipo igual que cualquier otro tipo, pero que llamó la atención de unos cuantos listillos dedicados a la mercadotecnia. Cuando digo mercadotecnia me refiero al *marketing*, por si acaso no lo sabías, Obie, tronco.

Obie no se molestó en contestar. Era imposible salir bien parado de una discusión con Archie. Manejaba las palabras con demasiada facilidad. Especialmente cuando le daba por la pose de la modernidad. Como cuando empezaba con su "colega" aquí y su "tronco" allá, como si fuera un tío hecho y derecho, un tipo duro, en vez de un estudiante de último curso de una pequeña escuela de secundaria de tres al cuarto como Trinity.

—Venga, Archie, se está haciendo tarde —dijo Obie, tratando de apelar al lado bueno de Archie—. Como siga así, me van a acabar tirando a la calle.

—No lloriquees, Obie. Además de que no soportas ese trabajo, tienes un deseo subconsciente de que te tiren. Así ya no tendrías que seguir rellenando los estantes ni aguantando las chorradas de los clientes ni trabajando hasta tarde los sábados, en lugar de ir a...

¿cómo se llama ese sitio al que vas?, al Bar Juvenil, para babear mientras miras a todas esas tías.

Archie era increíble. ¿Cómo sabía que Obie detestaba aquel trabajo idiota? ¿Cómo sabía que Obie lo detestaba especialmente los sábados por la noche, cuando le tocaba desfilar por los pasillos del supermercado mientras todos los demás estaban en el bar?

—¿No te das cuenta? Te estoy haciendo un favor. Unos cuantos días más llegando tarde y el jefe te dirá: "Se acabó, Obie. Eres libre". Y ya verás como te corres allí mismo, delante de él.

—¿Y de dónde voy a sacar el dinero? —preguntó Obie.

Archie hizo un ademán para indicar que estaba cansado de aquella conversación. Su retirada era incluso físicamente visible, aunque los dos estaban en el mismo banco del graderío y no les separaba más de un par de palmos de distancia. El griterío de los jugadores les llegaba en forma de débil eco desde el campo de fútbol americano. Archie dejó caer el labio inferior. Eso significaba que estaba concentrándose. Pensando. Obie aguardó lleno de expectación, odiando la parte de sí que le hacía sentir admiración por Archie. Por la forma en que era capaz de meterle marcha a la gente. O quitársela. Por la forma en que te podía deslumbrar con su brillantez —con aquellas misiones de los Vigils que lo habían convertido prácticamente en una leyenda en Trinity—, y por la forma en que podía asquearte con sus crueldades, aquellas extrañas e inesperadas crueldades tan suyas, que nada tenían que ver ni con el dolor ni con la violencia, sino que por alguna razón eran aún peores. Obie se sentía incómodo pensando en estas cosas y se encogió de hombros mentalmente, esperando a que Archie hablara, a que pronunciase el nombre.

—Stanton —dijo Archie por fin, susurrando el apellido, acariciando las sílabas—. Me parece que su nombre es Norman.

—Vale —dijo Obie, garabateando el nombre.

Ya sólo quedaban dos más. Archie tenía que dar con diez nombres antes de las cuatro, y ya había ocho escritos en el cuaderno de Obie.

—¿Y la misión? —le urgió Obie.

—La acera.

Obie sonrió al tiempo que escribía esa palabra. "Acera", una palabra tan inocente. Pero había que ver de lo que era capaz Archie con cosas tan sencillas como una acera y un crío como Norman Stanton, al que Obie recordaba como un bocazas fanfarrón, un pelirrojo despeinado y con los ojos anegados de legañas amarillentas.

—Eh, Obie—dijo Archie.

—¿Sí? —preguntó Obie a la defensiva.

—¿De verdad que vas a llegar tarde al curro? Quiero decir... que si de verdad perderías el trabajo —la voz de Archie era pura ternura y solicitud, su mirada dulce y compasiva.

Eso era lo que desconcertaba a todo el mundo en Archie. Sus cambios de humor, aquella manera de ser un listillo y un cabrón en un momento dado y un tío de primera al siguiente.

—No creo que me vayan a tirar de verdad. El dueño es amigo de mi familia. Pero está claro que lo de llegar tarde no me ayuda mucho que digamos. Hace ya tiempo que debería haberme dado un aumento, pero está aguantando hasta que me meta a tope en el trabajo.

Archie asintió con la cabeza, muy serio.

—Vale, tendremos que hacer algo. Vamos a meterte a tope. A lo mejor debería darle a alguien una misión en esa tienda para alegrarle un poco la vida a tu jefe.

—Ah, no —dijo Obie rápidamente.

Y se estremeció de miedo al darse cuenta de lo espantoso que era realmente el poder de Archie. Que era la razón de que a uno le conviniese estar a buenas con el muy cabrón. Siempre había que estar comprándole barritas para satisfacer sus insaciables antojos de chocolate. Gracias a Dios que no le había dado por la hierba y esas cosas. Obie hubiera tenido que hacerse camello para tenerlo contento. Daban ganas de echarse a llorar sólo de pensarlo. Obie era oficialmente el secretario de los Vigils, pero sabía lo que su puesto significaba de verdad. Carter, el presidente, que era casi igual de cabrón que Archie, le había dicho: "Tenlo contento. Cuando Archie está contento, todos estamos contentos".

—Dos nombres más —dijo Archie en tono reflexivo.

Se levantó y se desperezó. Era alto y no demasiado corpulento. Se movía con un ritmo sutil, lánguido, con el paso de un atleta, aunque odiaba todos los deportes y lo único que sentía hacia los atletas era desdén. Especialmente si se trataba de jugadores de fútbol americano o de boxeadores, casualmente los dos deportes más importantes de Trinity. Normalmente Archie no escogía a atletas para las misiones. Según decía, eran demasiado cortos de mollera para entender los delicados matices, las sutiles complejidades necesarias. A Archie le repelía la violencia; la mayor parte de sus misiones constituían ejercicios psicológicos más que físicos. Ésa era la causa de que saliera bien parado con tanta frecuencia. En Trinity, los hermanos querían tranquilidad a cualquier precio, un recinto pacífico y sin huesos rotos. Por lo demás, no había límites. Lo que resultaba perfecto en lo que a Archie se refería.

—Ese chico al que llaman el Cacahuete —dijo Archie entonces.

Obie escribió: "Roland Goubert".

—El aula del hermano Eugene.

Obie esbozó encantado una sonrisa de malicia. Le gustaban las misiones en las que Archie involucraba a los hermanos. Eran las más arriesgadas, por supuesto. Y uno de estos días, Archie se pasaría de la raya y se metería en una buena. Mientras tanto, bastaba con el hermano Eugene. Era de los pacíficos, hecho como a la medida para Archie, naturalmente.

El sol se desvaneció detrás de unas nubes en movimiento. Archie se concentró, aislándose de nuevo. Se levantó un viento que empezó a arrojarles puñados de polvo desde el campo de fútbol. Aquel campo necesitaba que lo volvieran a sembrar. A las gradas también les vendría bien un poco de atención. Estaban combadas, y la pintura pelada les daba a los bancos un aire de leprosos. Las sombras de los postes se extendían sobre el campo como cruces grotescas. Obie se estremeció.

—¿Quién diablos se creen que soy? —preguntó Archie.

Obie permaneció en silencio. La pregunta no parecía precisar respuesta. Era como si Archie estuviese hablando solo.

—Estas misiones de mierda —dijo Archie—. ¿Acaso

se creen que es fácil? —su voz rezumaba tristeza—. Y la caja negra...

Obie bostezó. Estaba cansado. E incómodo. Siempre bostezaba y sentía cansancio e incomodidad cuando se encontraba en situaciones como aquélla, sin saber cómo reaccionar, sorprendido ante la angustia que latía en la voz de Archie. ¿O era que Archie se la estaba dando con queso? Uno nunca podía estar seguro cuando se trataba de Archie. Obie dio gracias al cielo cuando Archie finalmente meneó la cabeza como si se sacudiera los efectos de un hechizo.

—No se puede decir que seas de mucha ayuda, Obie.

—Nunca he creído que necesitaras mucha ayuda, Archie.

—¿No te parece que yo también soy humano?

"No estoy seguro". Eso es lo que Obie estuvo a punto de decir.

—Vale, vale. Vamos a acabar con las putas misiones. Queda una.

El lápiz de Obie estaba en el aire.

—¿Cómo se llama el tío que dejó el campo hace un rato? Ése al que le dieron un buen repaso.

—Se llama Jerry Renault. Primer curso —dijo Obie, al tiempo que hojeaba su cuaderno.

Buscó en la *R* de Renault. Su cuaderno era más completo que los archivos del colegio. Contenía información, cuidadosamente codificada, de todos los que estaban en Trinity, incluido el tipo de cosas que uno no podría encontrar en las fichas oficiales.

—Aquí está. Renault, Jerome E. Hijo de James R. Farmacéutico de Blake's. El crío está en primer curso;

cumpleaños..., veamos, acaba de cumplir los catorce. Ah..., su madre murió la primavera pasada. De cáncer.

Había más información sobre cursos, calificaciones de primaria y actividades extracurriculares, pero Obie cerró el cuaderno como quien baja la tapa de un féretro.

—Pobre —dijo Archie—. Se le ha muerto su madre.

Ahí estaba otra vez la solicitud, la compasión en la voz.

Obie asintió. Faltaba un nombre. ¿Cuál?

—Debe de estar pasándolo mal el pobre.

—Sí —confirmó Obie, impaciente.

—¿Sabes lo que le hace falta, Obie? —y ahora la voz era suave, afectuosa, como de ensueño.

—¿Qué?

—Terapia.

Aquella palabra terrible hizo pedazos toda la ternura de la voz de Archie.

—¿Terapia?

—Eso es. Anótalo.

—Por lo que más quieras, Archie. ¿Es que no lo has visto? No es más que un crío delgaducho intentando meterse en el equipo de los de primero. El entrenador lo va a hacer picadillo como si fuera una hamburguesa. Y a su madre la han enterrado como quien dice ayer. ¿Por qué diablos te ha dado por ponerlo en la lista?

—No dejes que te engañe. Va de duro. ¿No has visto cómo le dieron un repaso ahí abajo y a pesar de todo se levantó? Duro. Y cabezota. Debería haberse quedado en la hierba, Obie. Eso hubiera sido lo más inteligente. Además de que probablemente necesita algo que le permita apartar la mente de su pobre madre muerta.

—Eres un cabrón, Archie. Lo he dicho antes y lo vuelvo a decir ahora.

—Anótalo —la voz era de hielo, con la frialdad de las regiones polares.

Obie escribió el nombre. Al diablo, aquél no era su entierro.

—¿Y la misión?

—Ya pensaré en algo.

—Sólo tienes hasta las cuatro —le recordó Obie.

—La misión tiene que estar hecha a la medida del crío. Ahí radica la genialidad del asunto, Obie.

Obie esperó un par de minutos, hasta que no pudo resistir el deseo de preguntar.

—¿Se te están acabando las ideas, Archie?

¿Que el gran Archie Costello se estuviera quedando sin ideas? Daba vértigo sólo de pensarlo.

—Me limito a ser artístico, Obie. Esto es un arte, aunque no te lo parezca. Ahí tienes por ejemplo a un crío como ese Renault. Las circunstancias son especiales —y entonces hizo una pausa—. Anótalo para el chocolate.

Obie escribió: "Renault-Chocolate". Archie nunca se quedaría sin ideas. Lo del chocolate, por ejemplo, daba para una docena de misiones.

Obie bajó la vista hacia el campo. Andaban todos liados en una escaramuza a la sombra de los postes. Le invadió un sentimiento de tristeza. "Debería haber intentado jugar al fútbol", pensó. Había querido hacerlo. Había jugado a tope cuando estaba con Papá Warner en el colegio de St. Joe's. Y sin embargo, había acabado de secretario de los Vigils. Era un tipo importante. Pero, con un demonio, ni siquiera se lo podía contar a sus padres.

—¿Sabes qué, Archie?

—¿Qué?

—La vida es triste, a veces.

Ésa era una de las grandes virtudes de Archie, que se le podían decir cosas como ésa.

—La vida es una mierda —dijo Archie.

Las sombras de los postes se asemejaban decididamente a una red de cruces, de crucifijos vacíos. "Pero ya basta de simbolismos para un solo día", se dijo Obie. Si se daba prisa, podría alcanzar el autobús de las cuatro para llegar al trabajo.

Capítulo 3

La chica era de las que cortan la respiración, de una belleza imposible. El deseo le hizo un nudo en el estómago. Una cascada de cabellos rubios se derramaba sobre sus hombros desnudos. Examinó la fotografía a escondidas y luego cerró la revista y la volvió a dejar en su sitio, en el estante superior. Echó una ojeada para ver si lo habían sorprendido. El dueño tenía absolutamente prohibida la lectura de las revistas y había un cartel que decía: "SI NO PUEDE COMPRAR, TAMPOCO PUEDE LEER". Pero el dueño estaba ocupado en el otro extremo de la tienda.

¿Por qué se sentía siempre tan culpable cuando miraba *Playboy* y otras revistas? Había un montón de tíos que las compraban, las enseñaban en el colegio, las escondían debajo de las tapas de los cuadernos e incluso las revendían. A veces veía ejemplares tirados en la mesa del salón de casas de amigos. Una vez había comprado una revista de chicas desnudas y la había pagado con manos temblorosas: un dólar y cuarto, lo que le hizo añicos el presupuesto hasta la siguiente mesada. Y no supo qué hacer con la puñetera revista una vez que la tuvo en las manos. La metió de tapadillo en el autobús, y en la casa la escondió en el último cajón de su habitación, aterrado ante la posibilidad de que lo descubrieran. Finalmente, cansado de introducirla de contrabando en el cuarto de baño para hacer rápidos exámenes, harto de sus propios engaños y acosado por el temor a que su madre encontrara la revista, Jerry la sacó a escondidas de la casa y la tiró a una alcantarilla. Escuchó el lúgubre chapoteo procedente de allá abajo y le dedicó un triste adiós al pavo y cuarto derrochado. La melancolía se apoderó de él. ¿Podría haber un día una chica que lo amase? Si en este mundo existía algún pesar que lo corroyese por dentro, era el de morir antes de haber sostenido el pecho de una chica en la mano.

En la parada de autobús, Jerry se apoyó contra un poste telefónico, derrengado, con el cuerpo haciéndose eco del asalto sufrido en los entrenamientos. Durante tres días, su cuerpo había estado absorbiendo castigos. Pero aún seguía en la lista, por suerte. Sin mayor interés, observó a la gente del parque al otro lado de la calle. Los veía todos los días. Ya habían entrado a formar parte del paisaje, igual que el cañón de la Guerra Civil y los monumentos de las Guerras Mundiales o el asta de la bandera. Hippies. Hijos de las flores. Habitantes de la calle. Vagabundos. Marginados. Cada cual les daba un nombre distinto. Llegaban en primavera y se quedaban hasta octubre, sin hacer nada en especial, soltándole sarcasmos a uno que otro paseante ocasional, pero nor-malmente tranquilos, lánguidos y pacíficos. Sentía fasci-nación por ellos y de vez en cuando envidiaba sus ropas viejas, su aire descuidado y la manera en que aparenta-ban que todo les importaba un comino. Trinity era uno de los últimos colegios que aún conservaba el uniforme: camisa y corbata.

Vio una nube de humo que caracoleaba alrededor de una chica cubierta con un sombrero de alas caídas. ¿Hierba? No supo decir. Eran tantas las cosas que no sabía. Absorto en sus pensamientos, no notó que uno de los habitantes de la calle se había separado de sus compañeros y cruzaba la carretera sorteando los coches con habilidad.

—Eh, colega.

Con sobresalto, Jerry se dio cuenta de que el tipo se dirigía a él.

—¿Yo?

Se había parado en la carretera, al otro lado de un Volkswagen verde, con el pecho apoyado en el techo del coche.

—Sí, tú.

Tendría unos diecinueve años, una larga melena negra que le rozaba los hombros y un bigote curvado, como una serpiente negra e inmóvil que le cubría el labio superior y cuyos extremos le colgaban casi hasta la barbilla.

—Te quedas mirándonos, colega, todos.los días. Te pones ahí de pie y nos miras todo el rato.

"Es verdad que dicen 'colega'", pensó Jerry. Creía que ya nadie decía "colega" si no era en broma. Pero aquel tipo no estaba bromeando.

—Eh, colega, ¿es que te crees que estamos en un zoo? ¿Es por eso por lo que te nos quedas mirando?

—No, escucha, no os miro.

Pero sí que los miraba, todos los días, todo el rato.

—Sí que nos miras, colega. Te quedas ahí de pie y nos observas. Con tus cuadernos de los deberes y tu bonita camisa y esa corbatita blanca y azul.

Jerry miró a su alrededor incómodo. Sólo vio extraños, nadie del colegio.

—No somos infrahumanos, colega.

—Yo no he dicho que lo fuerais.

—Pero nos miras como si lo pensases.

—Escucha —dijo Jerry—, tengo que tomar el autobús. —Lo que resultaba ridículo, porque no había ningún autobús a la vista.

—¿Sabes quién es infrahumano, colega? Tú. Tú sí que lo eres. Camino del colegio todos los días. Y de vuelta a casa en el autobús. Y luego los deberes—la voz de aquel tipo era puro desdén—. Un niñito bueno. Casi viejo a los catorce, o a los quince. Y ya atrapado en la rutina. Bah.

Un siseo y el olor desagradable del tubo de escape anunció la llegada del autobús. Jerry le dio la espalda a aquel tipo.

—Corre a tomar el autobús, niñito bueno —le dijo—. No pierdas el autobús, niñito. Te estás perdiendo un montón de cosas en este mundo, así que será mejor que por lo menos no pierdas ese autobús.

Jerry caminó hacia el autobús como un sonámbulo. Odiaba los enfrentamientos personales. El corazón le martilleaba en el pecho. Subió al autobús, dejó su vale en la bandeja y se dirigió dando bandazos hacia un asiento al tiempo que el autobús se alejaba de la cuneta.

Se sentó, respiró profundamente y cerró los ojos.

"Corre a tomar el autobús, niñito bueno".

Abrió los ojos, y la avalancha de luz solar que atravesaba el cristal de la ventana le obligó a entrecerrarlos.

"Te estás perdiendo un montón de cosas en este mundo, así que será mejor que por lo menos no pierdas ese autobús".

Puras ganas de pinchar, por supuesto. Era la especialidad de gente como aquélla. Pinchar a los demás. No tenían otra cosa que hacer en la vida, en aquellas vidas que malgastaban de cualquier manera.

Y, sin embargo...

¿Y, sin embargo, qué?

No lo sabía. Pensó en su vida. Camino del colegio, de vuelta a casa. Aunque llevaba la corbata suelta, balanceándosele sobre la camisa, se la arrancó de un tirón. Levantó la vista hacia los anuncios que había sobre las ventanillas, tratando de apartar la mente del enfrentamiento.

"¿Por qué?", había garabateado alguien en un espacio en blanco que no había alquilado ningún anunciante.

"¿Por qué no?", había dejado grabado otro a modo de respuesta.

Jerry cerró los ojos, súbitamente agotado, e incluso el esfuerzo de pensar le pareció excesivo.

Capítulo 4

—¿Cuántas cajas?

—Veinte mil.

Archie dejó escapar un silbido de asombro. No era normal que se quitara la máscara de tipo duro tan fácilmente, en especial ante alguien como el hermano León. Pero la idea de que alguien pudiera traer veinte mil cajas de chocolate a Trinity era ridícula. Entonces notó el bigote de humedad que cubría el labio superior del hermano León, la mirada vidriosa y su frente mojada. Las cosas encajaron. Aquél no era el sereno y mortífero León, capaz de dominar a una clase con el dedo meñique. Aquélla era una persona infestada de grietas y fisuras. Archie se quedó absolutamente inmóvil, temeroso de que el rápido palpitar de su corazón pudiese delatar su nueva conciencia, la prueba de algo que siempre había sospechado, no sólo del hermano León, sino de la mayoría de los adultos: que eran vulnerables, susceptibles de salir corriendo, seres abiertos a la invasión.

—Sé que es mucho chocolate —admitió el hermano León, arreglándoselas para mantener un tono de voz informal, lo que despertó la admiración de Archie.

Todo un tipo, el tal León, difícil de pillar. Incluso a pesar de que estaba sudando como un poseso, lograba conservar un tono tranquilo, razonable.

—Pero la tradición trabaja a nuestro favor. La venta de chocolate es un acontecimiento anual. Los chicos ya

21

se han acostumbrado a la idea. Si han podido vender diez mil cajas de chocolate otros años, ¿por qué no veinte mil este año? Y este chocolate es especial, Archie. Con grandes beneficios. Un trato especial.

—¿Especial en qué sentido? —preguntó Archie, aprovechándose de su ventaja, con una voz totalmente carente de las chorradas habituales en las conversaciones entre alumno y profesor.

Estaba allí, en el despacho de León, por invitación especial: "Que León le hable al verdadero Archie, no al chico que está en su clase de álgebra".

—De hecho, se trata de chocolates para el Día de la Madre. Hemos podido, quiero decir que yo he podido conseguirlos a precio de saldo. Las cajas son maravillosas, cajas de regalo, y en perfecto estado. Han estado almacenadas en la mejor de las condiciones desde la primavera pasada. Lo único que tenemos que hacer es retirar los lazos violetas en los que dice "Querida mamá" y estaremos listos para empezar la venta. Las podemos vender a dos dólares la caja y conseguir unos beneficios de casi un dólar por unidad.

—Pero, veinte mil cajas —y Archie hizo unos rápidos cálculos aunque no era ningún genio de las matemáticas—. Somos unos cuatrocientos en la escuela. Eso significa que cada uno tiene que vender cincuenta cajas. Lo normal es que los chicos tengan una cuota de veinticinco por cabeza y a un dólar por caja—y suspiró—. Ahora es el doble en todos los sentidos. Es mucho vender para esta escuela, hermano León. Lo sería para cualquier escuela.

—Lo sé, Archie. Pero Trinity es especial, ¿verdad? Si no creyese que los chicos de Trinity fueran capaces de hacerlo, ¿crees que hubiese corrido este riesgo? ¿Acaso no somos capaces de conseguir lo que otros no pueden hacer?

"Gilipolleces", pensó Archie.

—Sé lo que estás pensando, Archie: por qué te cargo con este problema.

Lo cierto era que Archie sí estaba preguntándose por qué el hermano León le descubría sus planes a él. Nunca se había mostrado muy amistoso ni con el hermano León ni con ningún otro profesor de Trinity. Y León era de los que había que echarles de comer aparte. En apariencia, se trataba de uno de esos hombres pálidos y solícitos que van de puntillas por la vida, a pasitos rápidos. Tenía todo el aire de un marido calzonazos, un ingenuo, un primo. Era vicedirector de la escuela, pero de hecho hacía de lacayo del director. Su chico de los recados. Pero era todo puro engaño. En clase, León era una persona muy distinta. Burlón, sarcástico. Su voz suave y aguda era puro veneno. Podía mantener la atención de todos como lo hacen las cobras. En vez de colmillos, utilizaba el puntero para señalar aquí y allá, a todas partes. Observaba el aula como lo haría un halcón, receloso, siempre a la busca de listillos o de despistados, siempre a la caza de puntos flacos en los alumnos para luego explotar esas debilidades. Nunca había ido por Archie. Todavía.

—Déjame que te pinte todo el panorama —dijo León, echándose hacia delante en el asiento—. Todas las escuelas privadas, ya sean católicas o no, la están pasando mal estos días. Muchas tienen que cerrar. Los costos son cada vez mayores, y las fuentes de ingresos, limitadas. Como tú bien sabes, Archie, nosotros no somos uno de esos internados exclusivos. Y no tenemos exalumnos ricos en los que apoyarnos. Somos una escuela sin internos dedicada a la formación de jóvenes de clase media para su entrada en la universidad. Aquí no hay hijos de ricos. Tú mismo, por ejemplo. Tu padre dirige una sucursal de una agencia de seguros. Tiene un buen salario, pero no se puede decir que gane una fortuna, ¿verdad? O fíjate en Tommy Desjardins. Su padre es dentista y le va muy bien. Tienen dos coches, una segunda residencia para las vacaciones... y eso viene a ser lo máximo en lo que a padres de alumnos de Trinity se refiere —y en ese momento levantó una mano de advertencia—. No estoy intentando chafar a los padres.

Archie hizo una mueca. Le irritaba que los adultos recurriesen a expresiones de los estudiantes como "chafar".

—Lo que quiero decir, Archie, es que casi todos los padres son de condición modesta y no pueden asumir más aumentos de las cuotas escolares. Tenemos que encontrar ingresos donde sea posible. El fútbol apenas es autosuficiente. Llevamos tres años sin tener una buena temporada. Y el interés en el boxeo casi ha desaparecido ahora que la televisión ya no da combates...

Archie reprimió un bostezo. Pues menuda novedad.

—Estoy poniendo las cartas sobre la mesa para demostrarte, para que veas claro, lo necesario que es aprovechar cualquier fuente de ingresos, cómo incluso una venta de chocolate puede ser de vital importancia para nosotros...

El despacho se sumió en el silencio. La escuela se había acallado a su alrededor, tanto que Archie se preguntó si la oficina no tendría algún tipo de aislamiento acústico. Las clases se habían acabado ya aquel día, por supuesto, pero ése era el momento en que daban comienzo un montón de actividades paralelas. Especialmente las actividades de los Vigils.

—Y otra cosa —continuó diciendo León—. Hemos querido mantenerlo en secreto, pero el director está enfermo, puede que grave. Tiene que ingresar al hospital mañana. Para someterse a pruebas y ese tipo de cosas. Las perspectivas no son buenas...

Archie aguardó a que León fuera al grano. ¿Acaso iba a hacer uno de esos ridículos llamamientos a favor del éxito de la venta de chocolate en honor del director enfermo? ¿Un "todos para uno y uno para todos", en plan película de televisión vomitiva de última hora?

—Puede que esté incapacitado durante varias semanas.

—Es una pena.

¿Y qué?

—Lo que significa... que la escuela estará a mi cargo. Yo seré el responsable de la escuela.

De nuevo, silencio. Pero, esta vez, Archie intuyó que había algo más detrás de ese silencio. Tenía el presentimiento de que León estaba a punto de llegar al grano.

—Necesito que me ayudes, Archie.

—¿Que yo le ayude? —preguntó Archie, fingiendo sorpresa, tratando de eliminar cualquier eco burlón de su voz.

Por fin sabía qué había venido a hacer allí. León no se refería a la ayuda de Archie...; se refería a la ayuda de los Vigils. Y no se atrevía a pronunciar el nombre en voz alta. Nadie podía abrir la boca para hablar de los Vigils. Oficialmente no existían. ¿Cómo podría un colegio aceptar la existencia de una organización como los Vigils? La escuela permitía su funcionamiento negándose por completo a reconocerla y actuando como si no existiera. Pero existía, vaya si existía, pensó Archie con amargura. Existía porque cumplía una función. Los Vigils mantenían las cosas bajo control. Sin los Vigils, Trinity podría haber acabado hecha añicos, como le había sucedido a otras escuelas, por culpa de las manifestaciones, las protestas y todas esas chorradas. A Archie le sorprendió la audacia de León, el hecho de que conociera su vinculación con los Vigils y que lo hubiese llamado a su despacho de aquella manera.

—¿Pero en qué puedo *yo* ayudar? —preguntó Archie, dando una vuelta de tuerca, haciendo hincapié en el singular "yo" y no en el plural de los Vigils.

—Apoyando la venta. Como tú mismo has dicho, Archie..., veinte mil cajas es un montón de chocolate.

—Y al doble del precio, además —le recordó Archie, pasándoselo en grande ahora—. A dos dólares la caja, en vez de a uno.

—Pero necesitamos ese dinero con desesperación. Como el aire que respiramos.

—¿Y cuál sería la gratificación? La escuela siempre les da una gratificación a los chicos.

—Lo de siempre, Archie. Un día sin colegio cuando esté vendido todo el chocolate.

—¿No va a haber una excursión gratis este año? El año pasado nos llevaron a Boston a ver una obra de teatro.

A Archie le importaba un pito la excursión, pero disfrutaba de aquella inversión de papeles en la que él hacía las preguntas y León se retorcía de angustia con las respuestas, algo bastante distinto a lo que sucedía en clase.

—Ya pensaré en algún sustituto —dijo León.

Archie dejó que el silencio se alargara.

—¿Puedo contar contigo, Archie? —la frente de León volvía a estar mojada.

Archie decidió lanzarse a fondo. Averiguar hasta dónde podía llegar.

—¿Pero qué puedo hacer yo? Soy solamente uno de los tantos.

—Pero tienes influencia, Archie.

—¿Influencia?

La voz de Archie era firme y clara. Estaba tranquilo. Tenía la sartén por el mango. Que sudara León. Archie se sentía exultante y tranquilo.

—No soy delegado de clase. Tampoco pertenezco al consejo escolar —la hostia, si los otros hubieran podido estar allí para verle—. Ni siquiera figuro en la lista de honor...

De repente León había dejado de sudar. Continuaba teniendo la frente perlada de gotas de sudor, pero ahora había adoptado una pose rígida y fría. Archie podía percibir la frialdad, más que frialdad, el gélido odio que salía del otro lado de la mesa como un rayo mortal procedente de un planeta desértico y letal. "¿Me habré pasado de la raya?", se preguntó. "Tengo a este tío en álgebra, mi peor asignatura".

—Sabes a lo que me refiero —dijo León, con una voz como un portazo.

Se cruzaron sus miradas. ¿Un enfrentamiento personal ahora? ¿En este momento? ¿Sería eso lo más inteligente? Archie era un firme partidario de optar siempre por la reacción más inteligente. No lo que a uno le pidiera el cuerpo, no un acto impulsivo, sino lo que saliese más rentable después. Ésa era la razón de que fuera él el planificador de misiones. Ésa era la razón de que los Vigils dependieran de él. Joder, pero si decir los Vigils *era como* decir el colegio. Y él, Archie Costello, era los Vigils. Ésa era la razón de que León lo hubiera llamado y ésa era la razón de que León estuviera casi de rodillas pidiéndole ayuda. Archie sintió de repente unos deseos locos de comerse una barrita de chocolate.

—Sé a lo que se refiere —dijo Archie, aplazando el enfrentamiento.

Y León sería como dinero guardado en el banco, algo que podría utilizar más adelante.

—¿Y en cuanto a la ayuda?

—Tendré que consultarlo con ellos —dijo Archie, dejando que el ellos flotase en el aire.

Y flotó.

Y León no lo recogió.

Ni tampoco Archie.

Se miraron fijamente durante un largo intervalo.

—Los Vigils le ayudarán —dijo Archie, incapaz de seguir conteniéndose.

Nunca había podido pronunciar esas palabras —los Vigils— en voz alta delante de ningún profesor; había tenido que negar la existencia de la organización durante tanto tiempo que resultaba maravilloso poder pronunciarlas, poder ver la sorpresa dibujada en el rostro sudoroso de León.

Y entonces Archie echó la silla hacia atrás y dejó la oficina sin aguardar el permiso del profesor.

Capítulo 5

—¿Te llamas Goubert?

—Sí.

—¿Y te llaman el Cacahuete?

—Sí.

—¿Sí, qué?

Archie se sintió asqueado de sí mismo nada más de pronunciar aquellas palabras. "¿Sí, qué?". Como en una escena salida directamente de una película de la Segunda Guerra Mundial. Pero aquel crío, Goubert, tartamudeó un instante y luego dijo "Sí, *señor*", como un recluta recién llegado al ejército.

—¿Sabes por qué estás aquí, Cacahuete?

El Cacahuete vaciló. A pesar de su altura —y superaba con creces el uno ochenta—, a Archie le parecía un crío, alguien que no pintaba nada allí, como si lo hubieran pillado colándose en una película para mayores de dieciocho años. Era demasiado delgaducho, lógicamente. Y tenía todo el aspecto de un don nadie. Carne de Vigils.

—Sí, señor —dijo finalmente el Cacahuete.

Archie no cesaba de sorprenderse ante la parte de sí mismo que disfrutaba con aquellas actuaciones, con aquel juguetear con críos, confundirlos y, finalmente, humillarlos. Se había ganado el puesto de planificador de misiones por su rapidez de reflejos, su ágil inteligencia, su gran imaginación y su habilidad para mover previendo las dos jugadas siguientes, como si la vida fuera un gigantesco damero o una partida de ajedrez. Pero había algo más, algo que nadie podría encontrar palabras para describir. Archie sabía lo que era y reconocía su presencia, aunque escapaba a cualquier definición. Una noche, viendo una antigua película de los hermanos Marx en la última sesión de la tele, se quedó fascinado ante una escena en la que los Marx buscaban un cuadro perdido. Groucho decía: "Registraremos todas las habitaciones de la casa". Y Chico preguntaba: "¿Pero qué pasa si no está en la casa?". Y Groucho contestaba: "Entonces registraremos la casa de al lado". "¿Pero qué pasa si al lado no hay ninguna casa?" Y Groucho decía: "Pues entonces construiremos una". E inmediatamente se ponían a dibujar planos para construir la casa. Eso era lo que hacía Archie: construir la casa cuya necesidad nadie salvo él mismo podía prever, una casa invisible para todos los demás.

—Pues si lo sabes, cuéntame por qué estás aquí, Cacahuete —dijo Archie entonces con voz suave.

Siempre los trataba con ternura, como si hubiese algún vínculo que le uniera a ellos.

Alguien soltó una risita. Archie se puso tenso y le dirigió una rápida mirada a Carter, una mirada asesina con la que le decía que les ordenara dejarse de chorradas. Carter chasqueó los dedos, lo que en el silencioso trastero resonó como un martillazo. Los Vigils estaban dispuestos como de costumbre, formando un círculo alrededor de Archie y del chico que recibía la misión. El pequeño cuarto de detrás del gimnasio carecía de ventanas y sólo tenía una puerta que daba al propio gimnasio. El lugar perfecto para las reuniones de los Vigils: aislado, con una única entrada, fácil de controlar, y tenebroso, iluminado por una sola bombilla que colgaba del techo, una bombilla de cuarenta vatios que apenas arrojaba un poco de luz sobre la escena. El silencio que se estableció tras el chasquido de Carter fue ensordecedor. Nadie se hacía el tonto con Carter. Carter era el presidente de los Vigils porque el presidente siempre había sido un jugador de fútbol —los músculos que le hacían falta a alguien como Archie—. Pero todos sabían que el jefe de los Vigils era el planificador de misiones, Archie Costello, que siempre se encontraba un paso por delante de todos ellos.

El Cacahuete parecía asustado. Era uno de esos críos que siempre querían agradar a todo el mundo: el tipo que nunca se llevaba a la chica, sino que la adoraba en secreto mientras el héroe de la película se alejaba cabalgando con ella hacia la puesta de sol tras el letrero de FIN.

—Dime por qué estás aquí —repitió Archie, dejando que un poco de impaciencia se filtrase en su voz.

—Para... una misión.

—¿Eres consciente de que no hay nada personal en la misión?

El Cacahuete asintió.

—¿De que se trata de una tradición de Trinity?

—Sí.

—¿Y de que debes jurar silencio?

—Sí —dijo el Cacahuete, tragando saliva al tiempo que la nuez se le echaba a bailar en aquel cuello larguirucho.

Silencio.

Archie dejó que se hiciera más denso. Podía percibir

el aumento de tensión en el cuarto. Siempre pasaba lo mismo cuando estaba a punto de asignar una misión. Sabía lo que estaban pensando: "¿Con qué nos saldrá Archie esta vez?" A veces Archie se hartaba de ellos. Los miembros de los Vigils se limitaban a hacer cumplir las reglas. Carter era el músculo y Obie el chico de los recados. Archie era el único que siempre estaba bajo presión, ideando misiones, planificándolas. Como si fuera una especie de máquina. Aprietas el botón y sale una misión. ¿Qué sabrían ellos de las agonías que traía consigo todo el asunto? ¿De las noches que se revolvía sin parar en la cama? ¿De las veces que se sentía exhausto, vacío? Y, sin embargo, no podía negar que se regocijaba en momentos como aquél, con todos los tíos echándose hacia delante llenos de expectación, con el misterio que los rodeaba a todos, con aquel crío, el Cacahuete, que tenía el rostro blanco como papel y estaba asustado, y con aquel lugar, tan silencioso que casi se podían oír los latidos del corazón. Y con todos los ojos clavados en él, en Archie.

—Cacahuete.

—Sí, sí, señor —más saliva.

—¿Sabes lo que es un destornillador?

—¿Podrás arreglártelas para echarle mano a uno?

—Sí, sí, señor. De mi padre. Mi padre tiene una caja de herramientas.

—Perfecto. ¿Sabes para qué sirven los destornilladores, Cacahuete?

—Sí.

—¿Para qué?

—Para cuando falta algún tornillo... para meterlos

cuando falta algún tornillo... o sea, para atornillar tornillos.

Se oyó una risa. Archie lo dejó estar. Un alivio de la tensión.

—Y, además, Cacahuete —dijo Archie—, un destornillador también sirve para desatornillar tornillos, ¿verdad?

—Sí, señor.

—Así que un destornillador puede aflojar además de apretar, ¿verdad?

—Eso es—dijo el Cacahuete, asintiendo, ansioso, totalmente concentrado en el destornillador, casi como si estuviera hipnotizado.

Y Archie se sintió volando en alas del poder y de la gloria, conduciendo al Cacahuete hacia su destino final, dándole la información a trocitos, lo que era la parte más hermosa de aquel asunto asqueroso. Pero no realmente asqueroso, no. La verdad era que magnífico. La verdad era que genial. El pago de todas sus angustias.

—Bien, ¿y sabes dónde está la clase del hermano Eugene?

La expectación era tan densa que casi se podía cortar, lanzaba chispas, pura electricidad.

—Sí. El aula diecinueve. En el segundo piso.

—¡Muy bien! —dijo Archie, como si le estuviera poniendo al Cacahuete un *sobresaliente* por saberse tan bien la lección—. El jueves por la tarde te las arreglarás para estar libre. Por la tarde y toda la noche si hace falta.

El Cacahuete estaba inmóvil, hechizado.

—La escuela estará desierta. Los hermanos, la mayor parte de ellos al menos y seguro que todos los que cuentan, estarán en una conferencia en la casa provincial de Maine. El portero tiene el día libre. A partir de las tres de la tarde no habrá nadie en el edificio. Nadie más que tú, Cacahuete. Tú y tu destornillador.

Y por fin, el momento definitivo, el clímax, casi como correrse...

—Y esto es lo que vas a hacer, Cacahuete —pausa. Vas a aflojar.

—¿A aflojar? —con la nuez sin parar de bailar.

—A aflojar.

Archie dejó pasar un segundo. La habitación absolutamente bajo control. El silencio casi insoportable.

—Todas las cosas de la clase del hermano Eugene están sujetas con tornillos —dijo—. Las sillas, los pupitres, las pizarras. Bien, pues coges tu pequeño destornillador..., aunque puede que sea mejor que te traigas varios de distintos tamaños, por si acaso, y te pones a desatornillar. No saques los tornillos. Sólo aflójalos hasta que estén a punto de caerse solos, hasta que la clase entera esté colgando de un hilo...

Se oyó un aullido de júbilo, probablemente de Obie, que había captado la idea, que podía ver la casa que estaba construyendo Archie, la casa que no existía hasta que él la construyó en la mente de todos. Y entonces otros se unieron a las risotadas al tiempo que se imaginaban los efectos de la misión. Archie se dejó acariciar por las carcajadas de admiración, sabedor de que había vuelto a dar en el clavo. Siempre esperaban que fallase, que se pegara un patinazo, pero había vuelto a dar en el clavo.

—Jolines —dijo el Cacahuete—. Eso va a llevar un montón de trabajo. Hay un montón de sillas y pupitres en esa clase.

—Tienes toda la noche por delante. Te podemos garantizar que no vendrá nadie a molestarte.

—Jolines —y la nuez se había lanzado ya a una danza absolutamente frenética.

—El jueves —dijo Archie, con autoridad en la voz.

Se acabaron las tonterías y la decisión era final e irrevocable.

El Cacahuete asintió, aceptando la misión como quien acepta su condena, como lo hacían todos, conscientes de que no había ni alternativa ni aplazamiento ni recurso posibles. La ley de los Vigils era inapelable, como bien sabía todo el mundo en Trinity.

—¡Uuf! —susurró alguien en la habitación.

Carter volvió a chasquear los dedos y la tensión se instaló de nuevo allí dentro. Pero era otro tipo de tensión. Era una tensión llena de cuchillos. Apuntando hacia Archie. Y Archie reunió todo su valor.

Carter metió la mano bajo la mesa del profesor, tras la que se sentaba en su calidad de presidente de la sesión, y sacó una cajita negra. La sacudió y se pudo oír el soniquete de canicas que entrechocaban en su interior. Obie dio un paso al frente con una llave en la mano. ¿Era una sonrisa lo que se esbozaba en el rostro de Obie? Archie no estaba seguro. Le hubiera gustado saber si Obie lo odiaba de verdad. Si todos lo odiaban. No era que importase. No mientras Archie tuviera la sartén por el mango. Podía con todo, hasta con la caja negra.

Carter cogió la llave de Obie y la sostuvo en alto.

—¿Listo? —le preguntó a Archie.

—Listo —dijo éste con rostro inexpresivo, tan inescrutable como siempre, incluso aunque sintiera una gota de sudor que trazaba su frío sendero desde la axila hasta el pecho.

La caja negra era su espada vengadora. Contenía seis canicas, cinco blancas y una negra. Era una idea muy ingeniosa que se le había ocurrido a alguien mucho antes de que Archie llegara al colegio, alguien lo bastante prudente —o lo bastante cabrón— para darse cuenta de que al planificador de misiones podía írsele la mano si no existía algún tipo de control. La caja era ese control. Después de cada misión, se la ponían delante a Archie. Si sacaba una bola blanca, la misión se mantenía en sus términos originales. Si sacaba la bola negra, tendría que ser el propio Archie el que la llevase a cabo, el que ejecutase el encargo que le había asignado a otro.

Llevaba tres años derrotando una y otra vez a la caja negra. ¿Lo volvería a lograr? ¿O se le acabaría la suerte? ¿Caería por fin sobre él la ley del cálculo de probabilidades? Sintió un estremecimiento que le recorría el brazo al extender la mano hacia la caja. Esperaba que nadie se hubiera dado cuenta. Metió la mano y cogió una bola, ocultándola en la palma de la mano. Sacó la mano y extendió el brazo, ahora ya con tranquilidad, sin miedo ni temblor. Y entonces abrió la mano. La bola era blanca.

A Archie se le crispó la comisura de los labios al tiempo que notaba cómo se le relajaba el cuerpo tras la tensión. Había vuelto a derrotarlos. Había vuelto a ganar. Soy Archie. No puedo perder.

Carter chasqueó los dedos y la reunión empezó a disolverse. De repente, Archie se sintió vacío, agotado, abandonado. Miró a aquel crío, el Cacahuete, que se había quedado allí perplejo, con todo el aire de estar a punto de echarse a llorar. Casi sintió pena por el crío. Casi. Pero no del todo.

Capítulo 6

El hermano León se estaba preparando para representar su número predilecto. Jerry reconoció los síntomas; todos los reconocieron. La mayoría estaba en su primer año y no llevaba en la clase de León más de un mes, pero el estilo de aquel profesor ya se había puesto de manifiesto. En primer lugar, León les asignaba una tarea de lectura. Luego comenzaba a pasearse de aquí para allá, inquieto, suspirando, vagando por los pasillos como alma en pena, con el puntero en mano, el mismo puntero que utilizaba tan pronto a modo de varita de director de orquesta como de espada de mosquetero. Cogía el puntero y le daba la vuelta a un libro en el pupitre de cualquier alumno o le propinaba un golpecito a la corbata de algún crío o le rascaba suavemente la espalda a algún otro, metiendo el puntero por todas partes, como un camión de basura que se abre camino entre los desechos de la clase. Una vez, el puntero había descansado sobre la cabeza de Jerry por un instante, para seguir después su camino. Inexplicablemente, Jerry había sentido un escalofrío, como si acabara de salvarse de un destino terrible.

Ahora, consciente del incesante merodear de León por la clase, Jerry mantuvo los ojos clavados en el papel, aunque no le apetecía leer. Quedaban dos clases más. Tenía ganas de que llegara la hora de entrenamiento de fútbol. Tras varios días de ejercicios físicos, el entrenador había dicho que quizá esta tarde les dejaría utilizar el balón.

—Ya está bien de tantas chorradas.

Ahí estaba el hermano León en toda su salsa, siempre intentando dejarlos perplejos. Utilizaba palabras como chorrada y gili, y soltaba algún "puñetero" de vez en cuando. Y la verdad era que sí los dejaba perplejos. Quizá por lo sobrecogedoras que eran las palabras al salir de aquel hombrecillo pálido y de aspecto inofensivo. Luego acababas dándote cuenta de que de inofensivo nada, por supuesto. Ahora todo el mundo tenía la mirada fija en León mientras la palabra "chorrada" resonaba en toda la clase. Quedaban diez minutos. Tiempo de sobra para que León pudiese actuar, para que pudiese disfrutar de uno de sus jueguitos. La clase entera lo miraba presa de una especie de horrorosa fascinación.

La mirada del hermano recorrió lentamente toda la habitación, como el rayo de un faro que barre una costa conocida, siempre buscando defectos ocultos. Jerry sintió una mezcla de temor y esperanza al mismo tiempo.

—Bailey —dijo León.

—Sí, hermano León.

Claro, León tenía que escoger a Bailey, uno de los críos más débiles. Un alumno brillante, pero tímido, introvertido, siempre enfrascado en sus lecturas, con los ojos enrojecidos detrás de las gafas.

—Venga usted aquí —dijo León, haciendo señas con el dedo.

Bailey avanzó en silencio hasta la cabecera del aula. Jerry pudo ver cómo le palpitaba una vena en la frente.

—Señores, como ustedes saben bien —comenzó a decir el hermano León, hablándole directamente a la clase y sin prestarle atención alguna a Bailey, a pesar de que el muchacho estaba de pie a su lado—, en una escuela es preciso conservar cierta disciplina. Hay que trazar una línea divisoria entre profesores y alumnos. A los profesores, lógicamente, nos encantaría ser muchachos del montón; pero la línea debe ser respetada. Una línea invisible, tal vez, pero siempre presente —y entonces le brillaron los ojos húmedos—. Al fin y al cabo, es como el viento. Ustedes no lo pueden ver, pero está ahí. Y sí pueden ver sus efectos: cómo dobla los árboles, agita las hojas...

No cesaba de gesticular al mismo tiempo que hablaba, y su brazo se convirtió en el viento y el puntero seguía la dirección del viento, cuando, de repente, sin previo aviso, golpeó a Bailey en la mejilla. El muchacho dio un salto hacia atrás, dolorido y atónito.

—Bailey, lo siento —dijo León, pero en su voz no había ningún tono de disculpa.

¿Un accidente? ¿O una más de las pequeñas crueldades de León?

Todas las miradas estaban ahora clavadas en el afligido Bailey. El hermano León lo escrutó, como quien examina a un espécimen en el microscopio, y como si ese espécimen contuviera el germen de alguna enfermedad mortal. Había que reconocerlo: León era un actor de primera. Le encantaba leer cuentos cortos en voz alta, adoptando todos los papeles, añadiendo todos los efectos de sonido. Nadie bostezaba ni se quedaba dormido en las clases de León. Había que estar alerta cada segundo, exactamente igual que todo el mundo estaba alerta ahora, mirando a Bailey, preguntándose cuál sería el próximo movimiento de León. Bajo la firme mirada del hermano, Bailey había dejado de acariciarse la mejilla a pesar de que le había brotado una marca rosácea, como una mancha maligna que comenzaba a extendérsele sobre la carne. De alguna manera, se habían invertido los papeles. Ahora parecía que toda la culpa la tenía Bailey, que Bailey había cometido algún error, que había estado en el sitio equivocado en el momento equivocado y que él era el único responsable de su propia desgracia. Jerry se estremeció allí sentado. León le ponía los pelos de punta por cómo era capaz de cambiar la atmósfera de toda una clase sin ni siquiera abrir la boca.

—Bailey —dijo León.

Pero no estaba mirando a Bailey, sino a la clase, como si todos fueran partícipes de una broma de la que Bailey había quedado absolutamente excluido. Como si la clase y León se hubieran confabulado en una conspiración.

—¿Sí, hermano León? —preguntó Bailey, con los ojos agrandados por efecto de las gafas.

Pausa.

—Bailey —dijo el hermano León—. ¿Por qué no puede usted estudiar sin copiar?

Según dicen, la bomba de hidrógeno no hace ningún ruido. Es sólo un relámpago blanco y cegador que se abalanza sobre las ciudades y mata a todo ser vivo. El ruido viene después del relámpago, después del silencio. Ése era el tipo de silencio que llameaba en el aula en aquel momento.

Bailey se quedó sin habla, con la boca convertida en una herida abierta.

—¿Bailey, debo entender su silencio como una

admisión de culpa? —preguntó el hermano León, girándose por fin hacia el muchacho.

Bailey agitó la cabeza, negando como un poseso. Jerry sintió que su propia cabeza también se agitaba, uniéndose a Bailey en su silenciosa negativa.

—Ay, Bailey —suspiró León, con la voz temblorosa de tristeza—. ¿Qué vamos a hacer con usted?

Y se volvió a girar hacia la clase, sus compañeros del alma. Él y la clase contra el copión.

—Yo no copio, hermano León —dijo Bailey, con la voz convertida en una especie de chirrido desesperado.

—Pero fíjese en las pruebas, Bailey. Sus notas... sólo *sobresalientes*, ni un solo *notable*. Todos los exámenes, todos los trabajos, todos los deberes. Sólo un genio sería capaz de hacer algo así. ¿Acaso afirmaría usted que es un genio, Bailey? —siempre jugando con él—. Aunque he de admitir que lo parece, con esas gafas, ese mentón puntiagudo, esos cabellos desordenados...

León se inclinó hacia la clase, meneando su propio mentón, aguardando la señal de aprobación que sería la risa, sugiriendo con todo su ser la risa a la clase. Y así fue. Se rieron. "Eh, ¿pero qué pasa aquí?", se preguntó Jerry al tiempo que se reía con los demás. Porque era cierto que Bailey se parecía en cierto modo a un genio, o al menos a las caricaturas de los científicos locos que salían en las películas viejas.

—Bailey —dijo el hermano León, volviendo a concentrar su atención en el muchacho cuando amainaron las risas.

—Sí —respondió Bailey acongojado.

—No ha contestado usted a mi pregunta.

León se alejó lentamente hacia la ventana y se

quedó súbitamente absorto en el paisaje de la calle, en las hojas de septiembre que se estaban volviendo amarillentas y crujientes.

Bailey se quedó solo en la cabecera de la clase, como quien se enfrenta a un pelotón de fusilamiento. Jerry sintió calor en las mejillas, un calor palpitante.

—¿Y bien, Bailey? —llegó la voz de León desde la ventana, aún atento al mundo exterior.

—Yo no copio, hermano León —dijo Bailey, con una oleada de fuerza en la voz, como si se estuviera defendiendo en la última trinchera.

—¿Y cómo explica entonces todos esos *sobresalientes*?

—No lo sé.

El hermano León se giró bruscamente.

—¿Es usted perfecto, Bailey? Todos esos *sobresalientes*..., eso es un signo de perfección. ¿Es ésa la explicación, Bailey?

Por primera vez, Bailey dirigió la mirada hacia la clase en un mudo grito de socorro, como lo haría una criatura herida, perdida, abandonada.

—Sólo Dios es perfecto, Bailey.

A Jerry le empezó a doler el cuello. Y a arderle los pulmones. Se dio cuenta de que había estado conteniendo el aliento. Tragó aire con cuidado, tratando de no mover un solo músculo. Ojalá hubiera sido invisible. Ojalá no estuviera allí en la clase. Ojalá estuviera fuera, en el campo de fútbol, escabulléndose, buscando un receptor.

—¿Se compara usted con Dios, Bailey?

"Basta ya, hermano León, basta ya", gritó Jerry en silencio.

—Si Dios es perfecto y usted es perfecto, Bailey, ¿no le sugiere eso algo a usted?

Bailey no contestó, con los ojos desorbitados de incredulidad. La clase mantenía un silencio sepulcral. Jerry oía el zumbido del reloj eléctrico. Nunca se había dado cuenta de que los relojes eléctricos podían zumbar.

—La alternativa, Bailey, es que usted no sea perfecto. Y, por supuesto, no lo es —y la voz de León se suavizó—. Sé que usted no tomaría en consideración ni por un momento una idea tan sacrílega.

—Claro que no, hermano León —dijo Bailey con alivio.

—Lo que sólo nos deja una posible conclusión —dijo León con voz alegre y triunfante, como si acabara de realizar un importante descubrimiento—: ¡Usted copia!

En aquel momento, Jerry odiaba al hermano León. Podía saborear el odio que se le concentraba en la boca del estómago: era ácido, sucio, ardiente.

—Es usted un copión, Bailey. Y un mentiroso —las palabras eran como latigazos.

"Cabrón", pensó Jerry. "Hijo de puta".

Desde el fondo de la clase retumbó una voz:

—Basta ya; déjelo en paz.

León se giró como una exhalación.

—¿Quién ha dicho eso? —preguntó, con los ojos húmedos lanzando chispas.

Sonó el timbre. El final de la clase. Roce de pies al tiempo que los alumnos echaban las sillas hacia atrás, preparándose para irse, para salir de aquel lugar terrible.

—Un momento —dijo el hermano León.

Suavemente. Pero todo el mundo le oyó—. Que nadie se mueva.

Los alumnos volvieron a instalarse en sus sillas.

El hermano León los miró con pena, meneando suavemente la cabeza, con una sonrisa triste y sombría en los labios.

—Pobres tontos —les dijo—. Idiotas. ¿Quieren saber quién es el mejor de todos aquí? ¿El más valiente? —y colocó la mano sobre el hombro de Bailey—. Gregory Bailey, ése es el mejor. Negó que copiara. Se enfrentó a mis acusaciones. ¡Defendió su verdad! Pero ustedes, señores, ustedes se quedaron ahí sentados, pasándoselo en grande. Y los que no lo disfrutaron dejaron que sucediera, me dejaron actuar. Ustedes han convertido esta clase en la Alemania nazi por unos instantes. Sí, lo sé, alguien protestó al final. "Basta ya; déjelo en paz." —dijo, remedando la voz grave a la perfección—. Una débil protesta, demasiado pequeña y demasiado tardía.

Se oyó ruido de pies en los pasillos, alumnos que esperaban para entrar. León ignoró el ruido. Se giró hacia Bailey y le tocó la coronilla con el puntero, como si lo estuviera nombrando caballero.

—Se ha portado bien, Bailey. Estoy orgulloso de usted. Ha aprobado el examen más importante de todos: ha sido usted digno de sí mismo.

A Bailey la barbilla no dejaba de temblarle como un flan.

—Por supuesto que no copia —añadió, con voz tierna y paternal. Y luego hizo un ademán dirigido a toda la clase (León era realmente grandioso a la hora de los gestos)—. Sus compañeros, a los que ve ahí sentados, ésos sí que son desleales. Hoy han sido desleales con usted. Ellos son los que han dudado de usted. Yo no he dudado ni por un instante.

León se fue a su mesa.

—Pueden irse —dijo, con la voz llena de desdén hacia todos ellos.

Capítulo 7

—¿Pero qué estás haciendo, Emile? —preguntó Archie divertido.

La diversión se debía a que resultaba evidente lo que Emile Janza estaba haciendo. Con un sifón estaba sacando gasolina del depósito de un coche y observando cómo entraba en un tarro de cristal.

Emile soltó una risita. A él también le divertía el hecho de que Archie lo hubiera sorprendido en plena actividad.

—Estoy sacando la gasolina de la semana —dijo Emile.

El coche, situado en el extremo más apartado del aparcamiento de la escuela, era de Carlson, un alumno de los mayores.

—¿Y qué harías, Emile, si de repente apareciese Carlson y te viera robándole la gasolina? —preguntó Archie, aunque ya sabía la respuesta.

Emile ni se molestó en contestar. Le dirigió una sonrisa de complicidad a Archie. Carlson no haría nada en absoluto. Se trataba de un muchacho delgado y apacible que odiaba meterse en líos. Y, de todos modos, no había muchos dispuestos a desafiar a Emile Janza, ya fueran gordos o delgados, apacibles o no. Emile era una bestia, lo que no dejaba de ser gracioso por la sencilla razón de que no parecía una bestia. No era grande ni extremadamente fuerte que se diga. De hecho, era demasiado pequeño para jugar de placador en el equipo de fútbol.

Pero era un animal y no respetaba ninguna regla. Al menos no cuando podía evitarlo. Tenía los ojillos incrustados en la carne pálida, ojillos que rara vez sonreían a pesar de la risita y la sonrisita que a veces le relampagueaban en el rostro, especialmente cuando sabía que estaba tocando a la gente. Así lo llamaba Emile Janza: "tocar a la gente". Como cuando silbaba suavemente en clase para desquiciarle los nervios al profesor de turno con aquel silbido apenas audible que podía hacer que se subiese por las paredes. Ése era el motivo por el que Emile Janza invertía el procedimiento habitual. Los listillos se solían sentar al final. Emile no. Él elegía un asiento cerca de la primera fila, la mejor posición para hostigar al profesor. Silbar, gruñir, eructar, taconear, revolverse sin parar, sorberse los mocos. Joder, si uno hacía esas cosas desde el fondo de la clase, el profesor ni siquiera se enteraría.

Pero Emile acosaba no sólo a los profesores. Había descubierto que el mundo estaba lleno de víctimas voluntarias, especialmente los muchachos de su propia edad. Había aprendido una verdad muy pronto, a los diez años de hecho. A nadie le gustaban los problemas, a nadie le gustaban los enfrentamientos. Este hecho constituyó toda una revelación. Le abrió puertas. Uno podía quitarle el almuerzo a un tío, incluso su dinero para el almuerzo, y normalmente no pasaba nada porque la mayor parte de los chicos lo único que querían era que los dejasen en paz a cualquier precio. Por supuesto que uno tenía que escoger a las víctimas con cuidado, porque existían excepciones. Los que protestaban descubrían que era mucho más sencillo dejar que Emile se saliera con la suya. ¿Acaso había

alguien a quien le gustasen los problemas? Más adelante, Emile se dio de bruces con otra verdad, aunque
era difícil ponerla en palabras. Descubrió que la gente
tenía miedo de que la pusieran en evidencia o la humi-
llasen, de que la señalasen individualmente. Como en el
autobús. Uno podía gritarle en la cara a un tío, especialmente a los que se sonrojan con facilidad: "Eh, te
huele el aliento, ¿lo sabías? ¿Es que nunca te limpias los
dientes?" Incluso si el tío tuviese el aliento más dulce del
mundo. O si no: "¿Fuiste tú el que se tiró un pedo? Qué
marranada". Con suavidad, pero lo bastante alto para
que todo el mundo lo oyese. Cosas así, en la cantina de
la escuela, durante la comida, a la hora de estudio. Pero
era mejor en sitios públicos, con extraños cerca, especialmente si se trataba de chicas. Entonces los tíos sí
que se retorcían de verdad. A consecuencia de todo
esto, la gente se esforzaba por ser especialmente agra-
dable con Emile Janza. Y Emile se regodeaba con aquel
tratamiento. No es que fuese un estúpido, pero tampoco
era lo que se dice un alumno brillante. Sin embargo, se
las apañaba para ir pasando cursos. Ningún *muy deficiente* y sólo un par de *suspensos*, todo lo cual satisfacía
a su padre, al que Emile sí consideraba un estúpido y
cuyo mayor sueño en la vida consistía en que Emile
saliera con el bachillerato aprobado de un colegio de
pago como Trinity. Su padre no sabía lo cutre que era
aquel antro.

—Emile, eres genial —dijo Archie al tiempo que
Emile, satisfecho con su tarro lleno hasta los topes,
volvía a enroscar cuidadosamente el tapón del depósito.

Emile levantó la vista receloso, a la defensiva. Nunca
estaba seguro de si Archie Costello hablaba en serio o

en broma. Emile nunca se hacía el listo con Archie. De hecho, Archie era una de las pocas personas de este mundo a las que Emile respetaba. Quizá hasta le tuviera miedo. Archie y los Vigils.

—¿Has dicho "genial"?

Archie se rió.

—Lo que quiero decir, Emile, es que eres un caso único. ¿Quién más sacaría gasolina con un sifón en pleno día? ¿A la vista de todo el mundo? Genial.

Emile le sonrió a Archie con una sensación repentina de melancolía. Ojalá pudiera compartir con Archie parte de las otras cosas. Pero no podía. Por alguna razón era demasiado secreto, aunque a menudo le hubiese gustado contárselo a la gente. Cómo disfrutaba él de la vida. Por ejemplo, cuando iba al retrete del colegio, casi nunca tiraba de la cadena y se lo pasaba en grande imaginándose el momento en que el próximo se encontraría con todo el pastel en la taza. Un disparate. Y, si se lo contara a cualquiera, sería difícil de explicar. Como cuando a veces hasta se excitaba cuando le sacudía el polvo a cualquier crío o cuando placaba a mala idea a alguien jugando al fútbol y le daba un último codazo de despedida cuando ya lo tenía tumbado en el suelo. ¿Cómo contarle eso a nadie? Y, sin embargo, tenía la sensación de que Archie sí lo entendería. Eran de la misma calaña; tenía que ser por eso. A pesar de la foto. La foto que le amargaba la vida.

Archie empezó a alejarse.

—Eh, Archie, ¿a dónde vas?

—No quiero ser tu cómplice, Emile.

Emile se rió.

—Carlson no va a presentar ninguna denuncia.

Archie meneó la cabeza, admirado.

—Genial —dijo.

—Eh, Archie, ¿qué hay de la foto?

—Sí, Emile, ¿qué hay de la foto?

—Ya sabes a lo que me refiero.

—Genial —repitió Archie, apretando el paso, deseoso de que Emile Janza siguiera sudando la gota gorda con la foto.

Lo cierto era que Archie odiaba a los tipos como Janza incluso a pesar de que era capaz de admirar sus obras. Aquel tipo de gente eran animales. Pero podían resultar útiles. Janza y la foto. Como dinero en el banco.

Emile Janza observó cómo se alejaba la figura de Archie Costello. Algún día, él sería como Archie: un tipo duro, un miembro de los Vigils. Emile le dio una patada a la rueda trasera del coche de Carlson. Por alguna extraña razón, le había decepcionado que Carlson no le hubiese sorprendido robándole la gasolina.

Capítulo 8

Era un espectáculo ver al Cacahuete corriendo. Aquellos brazos y piernas largos se movían con fluidez y sin fallos; el cuerpo le flotaba como si no tocara el suelo con los pies. Cuando corría, se olvidaba de su acné, de su torpeza, de la timidez que le paralizaba cada vez que una chica miraba en su dirección. Hasta sus ideas se volvían más nítidas y las cosas sencillas y sin complicaciones. Cuando corría, era capaz de resolver problemas de matemáticas o memorizar el esquema de las jugadas de fútbol. Se levantaba con frecuencia a primera hora de la mañana, antes que nadie, y se derramaba como un líquido por las calles amanecidas, cuando todo parecía hermoso, cuando todo giraba en la órbita correcta y nada era imposible porque el mundo entero estaba a su alcance.

Cuando corría, hasta el dolor resultaba deseable, el suplicio de cada zancada, la quemazón de los pulmones y los espasmos que a veces le atenazaban las pantorrillas. Y era deseable porque sabía que podía soportar el dolor, incluso superarlo. Nunca se había obligado a ir hasta el límite, pero podía sentir toda aquella reserva de fuerza en su interior. De hecho, era algo más que fuerza: determinación. Y la oía cantar allí dentro mientras corría, cuando su corazón regocijado le bombeaba la sangre por todo el cuerpo. Se había apuntado al fútbol y se sentía bien cada vez que cogía uno de los pases de Jerry Renault y dejaba atrás a todo el mundo para marcar. Pero lo que de verdad le encantaba era correr. Los vecinos lo veían desparramarse como una cascada por la calle High, dejándose llevar por la inercia de la velocidad, y le gritaban: "¿Entrenándote para las olimpiadas, Cacahuete?" o "¿Tienes el ojo puesto en el récord mundial, Cacahuete?" Y él seguía corriendo, flotando, fluyendo.

Pero ahora no estaba corriendo. Se encontraba en el aula del hermano Eugene y estaba aterrado. Tenía quince años y medía uno ochenta y cinco, así que era muy grande para llorar, pero las lágrimas le velaban la visión hasta darle la impresión de que la clase estuviera sumergida. Se sentía avergonzado y furioso consigo mismo, pero no podía evitarlo. Las lágrimas eran producto de la frustración tanto como del terror. Y aquel terror era distinto de cualquier otro de los que había conocido: era el terror de tener una pesadilla sin estar dormido. Como si te despertases en medio de un mal sueño en el que un monstruo se te estaba echando encima y soltaras un suspiro de alivio al darte cuenta de que te encontrabas a salvo en la cama, pero sólo para mirar hacia el umbral iluminado por la luna y ver al monstruo deslizándose hacia ti. Y entonces es cuando sabes que has salido de una pesadilla para darte de bruces con otra... ¿Pero cómo encontrar el camino de vuelta al mundo real?

Sabía que en aquel momento estaba en el mundo real, por supuesto. Las cosas eran más que reales. Los destornilladores y los alicates eran reales. También lo eran los pupitres y las sillas y las pizarras. También lo era el mundo exterior, un mundo del que había estado desconectado desde las tres de la tarde, cuando había entrado a escondidas en la escuela. Ahora el mundo había, cambiado: primero se había vuelto borroso con la despedida del día y luego se había puesto violáceo y, finalmente, oscuro. Ahora eran las nueve y el Cacahuete estaba sentado en el suelo, con la cabeza apoyada en un pupitre, furioso por la humedad que sentía en las mejillas. Los ojos le escocían de cansancio. Los Vigils le habían dicho que podía encender la lucecita nocturna de emergencia que había en todas las aulas. La linterna se la habían prohibido porque podría despertar las sospechas de los pasantes. El Cacahuete era consciente de que la misión era prácticamente imposible. Llevaba seis horas en la clase y sólo había dado cuenta de dos filas de sillas y pupitres. Los tornillos eran de una terquedad absoluta: la mayoría de ellos estaban apretados de fábrica y se resistían a la presión del destornillador.

"No acabaré nunca", pensó. "Me tendré que quedar aquí toda la noche y mi familia se volverá loca y aún así no habré acabado". Se imaginó que lo descubrían allí a la mañana siguiente, derrumbado y exhausto, una vergüenza para sí mismo, para los Vigils y para la escuela. Tenía hambre, le dolía la cabeza y no podía dejar de pensar que todo se arreglaría si pudiese salir de allí y echar a correr, arrojarse a las calles, libre de aquella horrible misión.

En el pasillo se oyó un ruido. Ésa era otra: aquel sitio te ponía los pelos de punta. Había todo tipo de ruidos. Las paredes hablaban su propio idioma de chirridos, el suelo crujía y los motores zumbaban desde algún lugar indeterminado con un zumbido casi humano. Era como para morirse de miedo. No había vuelto a tener tanto miedo desde que era un crío y se despertaba en mitad de la noche llamando a su madre.

Pam. Ahí estaba... Otro ruido. Miró asustado hacia la puerta. No quería mirar, pero era incapaz de resistirse a la tentación al tiempo que se acordaba de su antigua pesadilla.

—Eh, Cacahuete —se oyó un susurro.

—¿Quién es? —respondió con otro susurro.

Una sensación de alivio le recorrió todo el cuerpo. Ya no estaba solo; había alguien más con él.

—¿Qué tal vas?

Había una figura avanzando hacia él a cuatro patas, como un animal. Parecido a la fiera..., a la pesadilla, a pesar de todo. Se encogió sobre sí mismo. Sentía la piel ardiente y llena de picores, como en pleno ataque de urticaria. Se dio cuenta de que había más figuras arrastrándose por el cuarto, con las rodillas rozando contra el suelo. La primera figura se encontraba ya delante de él.

—¿Necesitas ayuda?

El Cacahuete entrecerró los ojos. Aquel muchacho iba enmascarado.

—La cosa va lenta —dijo el Cacahuete.

La figura enmascarada cogió al Cacahuete por la pechera de la camisa y se la torció con violencia, tirando de él hacia delante. El aliento le olía a pizza. La máscara era negra, al estilo de la que llevaba el Zorro en las películas.

—Escucha, Goubert. La misión es más importante que cualquier otra cosa, ¿me entiendes? Más importante que tú, que yo o que la escuela. Por eso te vamos a ayudar un poco. Para que la cosa se haga como es debido.

El Cacahuete sintió que le clavaban los nudillos en el pecho.

—Si le cuentas esto a alguien, más te vale despedirte de Trinity. ¿Me entiendes?

El Cacahuete tragó saliva y asintió. Tenía la garganta seca. Estaba tan contento que no se lo podía creer. Habían venido a ayudarle. Lo imposible se había vuelto posible.

—Vale, tíos, manos a la obra —dijo la figura enmascarada al tiempo que levantaba la cabeza.

Uno de ellos levantó el rostro, también enmascarado, y dijo:

—Esto está chupado.

—Cierra el pico y a trabajar —dijo el tío que era obviamente el jefe.

Al mismo tiempo, soltó la camisa del Cacahuete y sacó su propio destornillador.

Tardaron tres horas.

Capítulo 9

La madre de Jerry había muerto en primavera. Se habían quedado despiertos noche tras noche cuidándola —su padre, unos tíos y el propio Jerry— desde que la habían traído de vuelta del hospital. La última semana entraban y salían por turnos, todo el mundo agotado y mudo de tristeza. En el hospital no podían hacer nada más por ella y se la habían llevado a casa a morir. Había sido una mujer enamorada de su hogar, siempre con algún proyecto entre manos: empapelar paredes, pintar, retocar el mobiliario. "Si me dan veinte trabajadoras como ella, abro una tiendecita y gano un millón", solía decir en broma su padre. Y entonces se puso enferma. Y murió. Observar cómo iba decayendo, ver cómo se desvanecía su belleza, presenciar la espantosa alteración a la que estaban siendo sometidos su rostro y su cuerpo era superior a las fuerzas de Jerry y a veces salía corriendo de su habitación, avergonzado de su propia debilidad, evitando a su padre. Jerry hubiera deseado ser tan fuerte como su padre, siempre bajo control, ocultando su pesar y su tristeza. Cuando su madre por fin se murió, de repente, a las tres y media de la tarde, escabulléndose en silencio, sin un murmullo, Jerry se sintió presa de la ira, con una cólera ardiente que lo llevó ante su féretro en silenciosa furia. Estaba furioso por el modo en que la enfermedad se había cebado en ella. Estaba rabioso por su propia incapacidad para hacer nada por salvarla. Tenía la ira metida tan dentro y era tan aguda que desplazaba a cualquier sentimiento de tristeza. Quería aullar delante del mundo entero, chillar en protesta por su muerte, derribar edificios, abrir las entrañas de la tierra, arrancar los árboles de cuajo. Y no hizo nada salvo quedarse despierto en la oscuridad, pensando en su cuerpo allá en la funeraria, ya no ella, sino de repente una cosa, algo pálido y frío. Su padre se convirtió en un extraño durante aquellos días terribles, como un sonámbulo que actúa mecánicamente, como una marioneta dirigida por hilos invisibles. Jerry se sintió indefenso y abandonado, hecho un nudo interior. Incluso en el cementerio permanecieron aparte, separados por una enorme distancia, a pesar de que estaban hombro con hombro. Pero no se tocaron. Y, entonces, al final de la ceremonia, cuando se daban la vuelta para marcharse, Jerry se encontró en brazos de su padre, con el rostro apretado contra su cuerpo, oliendo sus cigarrillos, el tenue aroma de la pasta de dientes con clorofila, esos olores familiares que encarnaban a su padre. Allí en el cementerio, agarrándose el uno al otro en mutuo sentimiento de pérdida y congoja, las lágrimas les llegaron a ambos. Jerry no era capaz de distinguir dónde empezaban sus propias lágrimas y acababan las de su padre. Sollozaron sin vergüenza, fruto de una necesidad sin nombre, y después salieron caminando juntos, cogidos del brazo, hacia el coche que los aguardaba. El ardiente nudo de ira se había soltado, desenmarañado, y durante el trayecto de vuelta del cementerio, Jerry se dio cuenta de que había sido sustituido por algo peor: un vacío, una cavidad tan honda como un agujero en el pecho.

Aquél había sido el último momento de intimidad que habían compartido él y su padre. La rutina del colegio en su caso y del trabajo en el de su padre se había puesto a su alcance y ambos se habían zambullido en ella.

Su padre vendió la casa y se mudaron a un pequeño apartamento, donde no hubiese recuerdos agazapados en cada rincón. Jerry pasó la mayor parte del verano en Canadá, en la granja de un primo lejano. Se había dejado llevar por la rutina de la granja de buena gana, con la esperanza de fortalecerse para entrar en Trinity y en el equipo de fútbol cuando llegara el otoño. Su madre había nacido en aquella pequeña población canadiense. Sentía cierto consuelo al caminar por las estrechas callejuelas que ella también había recorrido de niña.

Cuando volvió a Nueva Inglaterra a finales de agosto, él y su padre se instalaron en una rutina sencilla. El trabajo y la escuela. Y el fútbol americano. En el campo de fútbol, machacado y lleno de cardenales, o sucio y mugriento, Jerry se sentía como si formara parte de algo. Y a veces se preguntaba de qué formaba parte su padre.

Estaba pensando en ello ahora, mientras miraba a su padre. Había vuelto de la escuela y se lo había encontrado echando una cabezadita en el sofá del estudio con los brazos cruzados sobre el pecho. Jerry empezó a andar sin hacer ruido por el apartamento, tratando de no despertar al durmiente. Su padre era farmacéutico y trabajaba a horas más espaciadas para una cadena de farmacias de la zona. En su trabajo tenía que hacer con frecuencia el turno de noche, lo que significaba dormir de forma escalonada. Como consecuencia de todo ello, había cogido la costumbre de echar cabezaditas cada vez que tenía un momento libre para relajarse. Jerry sintió un retortijón de hambre en el estómago, pero se sentó en silencio frente a su padre, esperando a que se despertara. Estaba muy cansado de los entrenamientos, del castigo a que sometía constantemente a su cuerpo, de la frustración de que nunca consiguiera acabar una jugada, de que nunca pudiese completar un pase, del sarcasmo del entrenador, del terco calor de septiembre.

Mientras observaba a su padre dormido, con el rostro relajado al dormitar y toda la aspereza de la edad menos definida en sus rasgos, recordó haber oído que la gente que llevaba mucho tiempo casada empezaba a parecerse entre sí. Entrecerró los ojos al estilo en que uno examina un buen cuadro y buscó a su madre en el rostro de su padre. Sin previo aviso, regresó la angustia de su pérdida, como un puñetazo en el estómago, y tuvo miedo de desmayarse. Por algún milagro de pesadilla fue capaz de superponer la imagen del rostro de su madre sobre el de su padre, y por un instante el eco de toda su dulzura se concentró allí, y Jerry tuvo que sufrir todo el horror de volver a verla en su féretro.

Su padre se despertó, como sacado de sus sueños por la bofetada de una mano invisible. La visión se desvaneció y Jerry se levantó de un salto.

—Hola, Jerry —dijo su padre al tiempo que se frotaba los ojos y se incorporaba en el sofá.

El pelo no estaba ni siquiera revuelto. ¿Pero, cómo iba a estar revuelto con un corte al cepillo?

—¿Qué tal te ha ido, Jerry?

La voz de su padre volvió a dar carta de naturaleza a la normalidad.

—Me ha ido bien, más o menos. Otro entrenamiento. Uno de estos días conseguiré que me salga bien algún pase.

—Eso estaría muy bien.

—¿Y a ti, qué tal te ha ido, papá?

—Pues bien.

—Me alegro.

—La señora Hunter nos ha dejado un guiso. De atún. Me ha dicho que la última vez que lo hizo te gustó mucho.

La señora Hunter era su asistenta. Iba todas las tardes a limpiarles la casa y a prepararles algo de cenar. Era una mujer canosa que siempre ponía violento a Jerry porque se empeñaba en acariciarle el pelo y murmurar: "Niño, mi niño...", como si fuera un crío o algo parecido.

—¿Tienes hambre, Jerry? Puedo preparar algo en cinco o diez minutos. Enciendo el horno y ya está...

—Qué bien.

Le estaba devolviendo uno de esos "bienes", aunque su padre no se había enterado. Era la palabra preferida de su padre: "bien".

—Eh, papá.

—¿Sí, Jerry?

—¿De verdad que te ha ido bien en la farmacia?

Su padre se detuvo cerca de la puerta de la cocina, perplejo.

—¿Qué quieres decir, Jerry?

—Lo que quiero decir es que todos los días te pregunto qué tal te han ido las cosas y todos los días me contestas que bien. ¿Es que no tienes días "perfectos"? ¿O "asquerosos"?

—Una farmacia es prácticamente igual todo el tiempo, Jerry. Llegan las recetas y las preparamos... y eso es todo. Hay que prepararlas con cuidado, tomando todas las precauciones, comprobando todo dos veces. Lo que se dice de la letra de los médicos es verdad, pero todo esto ya te lo he contado antes.

Había fruncido el ceño, como si estuviera obligándose a recordar, intentando dar con algo que agradase al chico.

—Tuvimos, eso sí, el intento de atraco hace tres años... esa vez que vino aquel drogadicto hecho un salvaje.

Jerry tuvo que hacer un esfuerzo para disimular su sorpresa y desilusión. ¿Acaso era aquello lo más emocionante que le había pasado a su padre? ¿Aquel grotesco intento de atraco que les había hecho un crío asustado con una pistola de juguete? ¿Es que la vida era siempre tan gris, tan aburrida y rutinaria para la gente? Detestaba la idea de que su propia vida se extendiera ante él de ese modo, convertida en una larga sucesión de días y noches en que todo iba bien, *bien*... Nada ni estupendo ni malo, ni perfecto ni asqueroso, ni emocionante ni nada.

Siguió a su padre a la cocina. El guiso entró en el horno como una carta en el buzón. A Jerry de repente se le había quitado el hambre, se le había ido el apetito.

—¿Te apetece una ensalada? —le preguntó su padre—. Me parece que tenemos lechuga y esas cosas.

Jerry asintió de forma mecánica. ¿No sería que la vida era eso y nada más? Uno acababa de estudiar, buscaba un empleo, se casaba, tenía hijos, veía morir a su mujer y luego seguía viviendo a lo largo de días y noches que parecían carecer de amaneceres, crepúsculos y anocheceres, nada salvo una gris monotonía. ¿Pero estaba siendo justo con su padre? ¿Y consigo mismo? ¿No era cada persona diferente? ¿No tenía cada persona la posibilidad de elegir? ¿Cuánto sabía realmente acerca de su padre?

—Eh, papá.

—¿Sí, Jerry?

—No, nada.

¿Había algo que le pudiese preguntar sin que pareciera una locura? Y encima tenía serias dudas de que su padre se franqueara con él. Jerry se acordó de un incidente que había tenido lugar hacía años, cuando su padre trabajaba en una farmacia de barrio, el tipo de sitio al que iban los clientes para consultar al farmacéutico como si fuese un licenciado en medicina. Jerry estaba matando el rato en la farmacia una tarde cuando entró un viejo, doblado y roído por la edad. Le dolía el costado derecho. ¿Qué debería hacer, señor farmacéutico? ¿Qué le parece a usted que puede ser? Fíjese, apriete aquí, señor farmacéutico, ¿no siente la hinchazón? ¿Hay alguna medicina para curarme? Su padre había sido paciente con el viejo, le había oído con atención, había asentido, se había acariciado la mejilla como si estuviera preparando un diagnóstico. Finalmente convenció al viejo para que fuese a ver a un médico. Pero por unos instantes Jerry había visto a su padre haciendo de médico: sabio, profesional y compasivo. Al verdadero estilo de quien alivia males junto al lecho de la enfermedad, a pesar de estar allí en la farmacia. Cuando el viejo se marchó, Jerry le preguntó:

—Eh, papá, ¿nunca has querido ser médico?

Su padre levantó la vista rápidamente y vaciló, sorprendido.

—No, claro que no—le contestó.

Pero Jerry había detectado algo en sus gestos, en el tono de su voz, que contradecía esa respuesta. Cuando Jerry trató de ahondar en el tema, su padre de repente pareció estar ocupadísimo con las recetas y demás. Y Jerry nunca volvió a sacar el asunto a colación.

Ahora, al verlo atareado en la cocina, preparando la cena, le entraron ganas de echarse a llorar, a tantos años luz de lo que sería un médico, y con su esposa muerta y su único hijo convertido en un mar de dudas sobre él, sobre su vida pálida y gris. Jerry se sintió abrumado de tristeza. El horno soltó su pitido. El guiso estaba listo.

Más tarde, mientras se preparaba para meterse en la cama y dormir, Jerry se miró en el espejo y se vio como lo debía haber visto el otro día aquel tipo del parque: un niñito bueno. Igual que antes había superpuesto la imagen de su madre sobre el rostro de su padre, ahora podía ver el rostro de su padre reflejado en sus propias facciones. Se dio la vuelta. No quería ser un espejo de su padre. El solo pensarlo le ponía la carne de gallina. "Quiero hacer algo, ser alguien. ¿Pero qué? ¿Pero qué?"

El fútbol. Entraría en el equipo. Eso era algo. ¿Pero lo era, de verdad?

Y, sin razón aparente, se puso a pensar en Gregory Bailey.

Capítulo 10

Más tarde, Archie tuvo que reconocer que el hermano León había dramatizado la venta con demasiado ardor, y lo que había conseguido era ponerlos a él, a los Vigils y al colegio entero en un aprieto.

Para empezar, había convocado una asamblea especial en la capilla. Después de rezar y de una buena dosis de rollos religiosos, se puso a hablar de las típicas chorradas del espíritu de la escuela. Pero con una diferencia en este caso. De pie desde el púlpito, les había hecho una señal a varios de sus lacayos para que trajeran diez grandes carteles de cartón en los que había una lista por orden alfabético de todos los alumnos de la escuela. Al lado de cada nombre habían dibujado una serie de rectángulos negros que, según explicó León, se irían llenando a medida que cada alumno fuese vendiendo su cuota de chocolate.

El alumnado contempló con regocijo el esfuerzo de los lacayos de León para pegar con cinta adhesiva los carteles a la pared trasera del escenario. Los carteles se caían uno detrás de otro, resistiéndose a la presión de la cinta adhesiva. Las paredes estaban hechas de bloques de hormigón y, por supuesto, no se podían usar chinchetas. El aire se llenó de abucheos. Esto parecía molestar al hermano León, lo que incrementó los abucheos y los pitidos. No había en el mundo nada mejor que ver a un profesor perdiendo la compostura. Finalmente, los carteles estuvieron en su sitio y el hermano León recuperó el control.

Archie tenía que admitir que León les brindó una de sus mejores actuaciones. Digna de un premio Oscar. Los inundó como si fuera las cataratas del Niágara: el espíritu de la escuela, la tradición de una venta que nunca había fallado, el director enfermo en el hospital, la fraternidad de Trinity, la necesidad de fondos para conservar aquel magnífico templo de la educación operando a todo trapo. Rememoró pasadas victorias, los trofeos de la vitrina del pasillo principal, la determinación de victoria o muerte que había hecho de Trinity un foco de triunfos a lo largo de los años, etcétera. Chorradas, por supuesto, pero eficaces cuando un maestro como León se ponía manos a la obra, arrojando sus hechizos mediante palabras y gestos.

—Sí —declamaba el hermano León—, este año hemos doblado la cuota porque apostamos más que nunca —su voz era como un órgano que llenaba el aire—. Cada alumno debe vender cincuenta cajas, pero sé que todos y cada uno de los alumnos están dispuestos a hacer lo que les corresponde. Más de lo que les corresponde —e hizo un gesto hacia los carteles—. Yo les prometo, señores, que antes de que termine la venta, todos y cada uno de ustedes tendrá el número "cincuenta" inscrito en el recuadro final, dejando patente que han cumplido con Trinity...

La cosa siguió durante un buen rato, pero Archie se había desconectado. Cháchara, cháchara y más cháchara... era lo único que uno podía escuchar en aquella escuela. Archie se retorció incómodo en su asiento al recordar la reunión de los Vigils en la que había anunciado que el hermano León había pedido su apoyo para la venta y que él se había comprometido a prestar la ayuda de los Vigils. Archie se había quedado sorprendido al percibir la oleada de dudas y escepticismo por parte de los Vigils.

—Joder, Archie —había dicho Carter—, nosotros nunca nos mezclamos en esos cuentos.

Pero Archie los había convencido, como de costumbre, al hacerles ver que el hecho de que León necesitara el apoyo de los Vigils constituía un símbolo de lo poderosa que se había vuelto la organización. Y la cosa no pasaba de ser una estúpida campaña de venta de chocolate. Pero ahora, al oír a León hablar como si la escuela se estuviera lanzando a las cruzadas de un modo que daban ganas de echarse a llorar, a Archie le empezaron a entrar las dudas.

Al mirar los carteles y ver su propio nombre allí escrito, Archie planeó cómo vender sus cincuenta cajas. Ni siquiera le pasaba por la imaginación la posibilidad de vender él su parte del chocolate. No había vuelto a tocar una caja desde primero. Por lo general, encontraba a algún crío dispuesto a vender de buena gana la cuota de Archie junto con la suya propia, en la idea de que el hecho de que el planificador de misiones de los Vigils se fijara en él era algo especial. Este año probablemente dividiría la carga entre varios: elegiría, por ejemplo, a cinco alumnos y los pondría a vender sólo diez cajas por cabeza. Era mejor que cargar a un solo crío con todo el muerto, ¿verdad?

Archie se volvió a echar hacia atrás cómodamente y suspiró satisfecho, pagado de sí mismo por las alturas que lograba alcanzar con su sentido de la justicia y de la compasión.

Capítulo 11

Fue como si alguien hubiese tirado La Bomba.

Brian Kelly fue el que lo echó todo a rodar al tocar su silla. Se desplomó.

Y entonces todo ocurrió a un mismo tiempo.

Albert LeBlanc rozó un pupitre al avanzar por el pasillo y el mueble se descuajaringó tras temblar como un poseso durante un instante. El impacto provocó unas vibraciones que pusieron fin a la estabilidad de otras dos sillas y un pupitre.

John Lowe estaba a punto de sentarse cuando oyó el ruido de los muebles al derrumbarse. Se dio la vuelta y, al hacerlo, tocó su propio pupitre. El pupitre se desintegró ante su mirada atónita. Dio un salto hacia atrás y se golpeó contra la silla. A su silla no le pasó nada. Pero el pupitre de Henry Couture, que estaba detrás, se estremeció violentamente y se desplomó sobre el suelo.

El escándalo era ensordecedor.

—¡Dios mío! —exclamó el hermano Eugene al entrar en el aula y contemplar aquella batahola.

Los pupitres y las sillas seguían cayendo hechos pedazos como si alguien los estuviera demoliendo mediante inaudibles explosiones de dinamita.

El hermano Eugene echó a correr hacia su mesa, el puerto de seguridad tras el que todo profesor siempre encontraba protección. Al tocarla, la mesa se balanceó como si estuviera borracha, cambió de puntos de apoyo hasta quedar ladeada y, maravilla de maravillas, permaneció de pie aunque en aquel extraño y disparatado ángulo. Pero su silla se vino abajo.

Los alumnos, divertidos, iban dando tropezones a lo loco por toda la clase. Cuando se dieron cuenta de lo que sucedía, empezaron a corretear por el aula diecinueve probando todos los pupitres y sillas, contemplando con regocijo cómo caían desarmados y volcando los muebles tercos que se negaban a cumplir con su destino sin una ayudita.

—¡Uauu! —chilló alguien.

—¡Han sido los Vigils! —gritó otro, atribuyendo todo el mérito a quien se lo había ganado a pulso.

La destrucción del aula diecinueve duró exactamente treinta y siete segundos. Archie la cronometró desde el umbral. El pecho se le llenó de una sensación dulce mientras veía cómo el aula se hacía añicos, un momento de gloriosa victoria que le compensaba de todas las demás mierdas, de sus terribles notas y de la caja negra. Presenciando aquel pandemónium supo que ése sería uno de sus mayores triunfos, una de esas misiones arriesgadísimas con una rentabilidad fabulosa, algo que sin duda entraría en el reino de la leyenda. Podía imaginarse a los futuros alumnos de Trinity comentando maravillados el día que explotó el aula diecinueve. Le costó reprimir un aullido de gozo al examinar los estragos —"yo he sido el que ha hecho todo esto"—y al ver el mentón tembloroso del hermano Eugene y su expresión horrorizada.

Detrás del hermano, la enorme pizarra se soltó de repente de sus anclajes y se deslizó pomposamente hasta el suelo, como un telón que se cerrase definitivamente sobre el caos.

—¡Tú!

Archie oyó la voz en toda su furia en el mismo instante en que sintió las manos que lo hacían girarse violentamente. Al darse la vuelta, se encontró de bruces con el hermano León. León no estaba pálido en aquel momento. En las mejillas tenía dos manchas purpúreas y relucientes, como si se hubiera maquillado para una comedia grotesca. O una obra de terror más bien, porque no había nada gracioso en su aspecto en aquel momento.

—¡Tú! —volvió a decir León con un susurro lleno de maldad que arrojaba al rostro de Archie el sucio eco del desayuno de León, el olor de huevos fritos con tocino rancio—. Esto lo has hecho tú —dijo León, clavando las uñas de una mano en el hombro de Archie al tiempo que señalaba con la otra el caos del aula diecinueve.

Alumnos curiosos de otras clases habían empezado a apiñarse alrededor de las dos puertas del aula, atraídos por el escándalo. Algunos contemplaban aquella ruina con asombro. Otros lanzaban miradas curiosas en dirección al hermano León y Archie. Miraran donde mirasen era perfecto: una interrupción de la rutina escolar, una ruptura del orden mortal de cada día.

—¿No te había dicho que quería que todo fuera como la seda? ¿Sin incidentes? ¿Sin gracias?

Lo peor de la rabia de León era el modo en que susurraba, aquel horroroso siseo atormentado que le salía por la boca, que daba a sus palabras un eco más mortal que cualquier grito o chillido. Al mismo tiempo apretó aun más la mano con la que tenía cogido el hombro de Archie y éste hizo una mueca de dolor.

—No he hecho nada. No he prometido nada—dijo

Archie automáticamente.

Siempre hay que negarlo todo, nunca disculparse, nunca admitir nada.

León echó a Archie contra la pared cuando los alumnos empezaron a llenar el pasillo, a entrar en tropel en el aula diecinueve para examinar la destrucción y a apelotonarse fuera charloteando y gesticulando, agitando la cabeza maravillados. La leyenda acababa de empezar.

—Yo estoy a cargo de todo, ¿no lo entiendes? El colegio entero es responsabilidad mía. La venta de chocolate está a punto de comenzar y tú sales con algo así.

León lo soltó sin avisar y Archie se quedó allí colgado, como suspendido en el aire. Se dio la vuelta y vio que había gente mirándolos con curiosidad a León y a él. ¡Mirándolo con curiosidad a él! Archie Costello humillado por aquel cabrón llorica de profesor. ¡Su dulce momento de gloria echado a perder por aquel pirado y su ridícula venta de chocolate!

Contempló a León alejándose violentamente, abriéndose paso en medio de aquel pasillo tumultuoso, desapareciendo entre la riada de muchachos. Archie se frotó el hombro, palpándose con cautela la parte en que se le habían clavado las uñas de León. Luego se zambulló entre la multitud, apartando a los que se habían apiñado alrededor del umbral. Se quedó en la entrada, absorbiendo el caos genial en que se había convertido el aula diecinueve: su obra maestra. Vio al hermano Eugene todavía parado allí, en medio de los escombros, con lágrimas de verdad recorriéndole las mejillas.

Genial, fue genial.

Que se joda el hermano León.

Capítulo 12

—Vuelve a probar —aulló el entrenador con voz ronca.

Era la señal de peligro. La voz siempre se le ponía ronca cuando perdía la paciencia, cuando estaba a punto de que le diera un ataque.

Jerry se incorporó como pudo. Tenía la boca seca y trató de bombear algo de saliva. Le dolían las costillas y le ardía todo el costado izquierdo. Regresó con paso cauteloso a su posición tras Adamo, que jugaba de central. Los demás ya estaban alineados, tensos, a la expectativa, conscientes de que el entrenador no estaba contento con ellos. ¿Contento? Al diablo, lo que estaba era furioso, asqueado. Había organizado aquel entrenamiento especial en el que le daba a su equipo de primer año la ocasión de medir fuerzas contra unos cuantos miembros del equipo titular con el propósito de alardear de todo lo que les había enseñado, y resultaba que lo estaban haciendo mal, de pena, fatal.

No hubo conferencia secreta entre los del equipo. El entrenador rugió el número de la próxima jugada, pensada para engañar a Carter, aquel musculoso jugador del equipo titular que parecía capaz de tragarse a los de primer año enteros y sin masticar.

—Le reservaremos unas cuantas sorpresas a Carter —había dicho, sin embargo, el entrenador.

Una de las tradiciones de Trinity consistía en enfrentar a los jugadores estrella contra los de primer año y pensar jugadas para pararles los pies a las estrellas. Aquélla era la única recompensa que podían obtener los del equipo de primer año, porque, en su mayoría, ellos eran, muy jóvenes o muy menudos para jugar en el equipo titular.

Jerry se agazapó detrás de Adamo. Estaba decidido a que esta jugada diese resultado. Sabía que la anterior no había funcionado porque él había calculado mal el tiempo y porque no había visto a Carter irrumpir como una avalancha humana sabe Dios de dónde. Había esperado que Carter se lanzase a la carga de frente; pero, en vez de eso, el enorme defensa había dado un paso atrás, bordeado la línea y aniquilado a Jerry por detrás. Lo que había enfurecido a Jerry era que Carter lo había empujado con suavidad, tirándolo al suelo casi con ternura, como si quisiera demostrar su superioridad. "No me hace falta asesinarte, renacuajo, me sobra con un empujoncito", parecía haberle querido decir Carter. Pero era la séptima jugada consecutiva y las consecuencias de un placaje tras otro estaban empezando a pasar factura.

—Vale, tíos, ahora sí. O ellos o nosotros.

—Se acabó, tíos —se rió Carter.

Jerry gritó las señales, esperando que su voz sonase llena de confianza. No sentía ninguna confianza. Y, sin embargo, no había abandonado las esperanzas. Cada jugada era como empezar desde cero y, aunque algo siempre parecía salir mal, tenía la sensación de que estaban a punto de lograrlo. Confiaba en tíos como el Cacahuete y Adamo y Croteau. Tarde o temprano acabarían por lograrlo. Se habían entrenado mucho y eso tenía que acabar por verse. O sea, siempre que el entrenador no los sacase antes a todos del equipo.

Jerry tenía las manos dispuestas en forma de pico de pato, a la espera de engullir el balón. Al dar él la señal, Adamo se lo incrustó en las palmas de las manos y Jerry empezó a escabullirse en aquel mismo instante, hacia la derecha, en diagonal, con agilidad, el brazo en plena elevación, listo para amartillar el brazo, listo para el pase. Vio a Carter que volvía a serpentear por sus líneas como un monstruoso reptil con casco, pero de repente Carter se convirtió en un lío de brazos y piernas que se agitaban y giraban en el aire tras recibir un golpe devastadoramente bajo por parte de Croteau. Carter se derrumbó sobre Croteau y los dos cayeron, formando un amasijo de cuerpos. Jerry se sintió súbitamente libre. Continuó escabulléndose, desapareciendo, suave, suave, conteniéndose hasta que pudiera localizar al Cacahuete, al larguirucho y veloz Cacahuete, cerca de la línea de ensayo, donde lo estaría aguardando, si es que se las arreglaba para esquivar al último defensa. De repente, avistó el ademán frenético del Cacahuete. Jerry evitó unos dedos que trataban de arrancarle la manga y lanzó el balón. Alguien chocó contra su cadera, pero no acusó el golpe. El pase había sido genial. Estaba seguro de que había sido genial, justo en el blanco, incluso aunque no pudo verlo llegar porque fue arrojado violentamente al suelo por Carter, que de alguna manera se había recuperado después del trabajo de demolición de Croteau. Al mismo tiempo que daba contra el suelo, Jerry oyó los aullidos y los hurras que le comunicaban que el Cacahuete había atrapado el pase y conseguido anotar.

—Bien, bien, bien—sonó la voz del entrenador, estridente de triunfo.

Jerry se levantó a duras penas. Carter le dio una palmada en el trasero, en señal de aprobación.

El entrenador se les acercó lentamente, con el ceño fruncido. (Hay que recordar que el tío nunca sonreía.)

—Renault —dijo al entrenador, ahora ya sin la más mínima traza de ronquera—. A lo mejor se produce el milagro y podemos hacer de ti un director de juego, renacuajo hijo de puta.

En aquel momento, mientras la gente le rodeaba, y él respiraba jadeando y el Cacahuete llegaba con el balón, Jerry experimentó un instante de gozo absoluto, de felicidad absoluta.

En la escuela circulaba una leyenda según la cual el entrenador no te aceptaba para jugar en el equipo mientras no te hubiese llamado "hijo de puta".

Todos se volvieron a alinear. Jerry sintió una música celestial que sonaba en su interior mientras esperaba a que alguien le incrustara el balón entre las manos.

Cuando volvió a la escuela después del entrenamiento, se encontró con una carta pegada con cinta adhesiva a la puerta de su armario. Era una convocatoria de los Vigils. Asunto: Una misión.

Capítulo 13

—¿Adamo?

—Sí.

—¿Beauvais?

—Sí.

—¿Crane?

—A sus órdenes —era Crane el payaso, el que nunca daba una respuesta como es debida.

—¿Caroni?

—Sí.

Saltaba a la vista que el hermano León se lo estaba pasando en grande. Aquello era lo que le gustaba: estar al mando cuando todo iba como la seda, porque los alumnos respondían rápidamente, aceptando el chocolate, encarnando el espíritu de la escuela. Al Cacahuete le deprimía pensar en el espíritu de la escuela, como ahora. Desde que el aula diecinueve se había venido abajo, había vivido en un estado de ligera conmoción. Se levantaba todas las mañanas deprimido, sabiendo incluso antes de abrir los ojos que algo andaba mal, que algo se había torcido en su vida. Y entonces se acordaba: el aula diecinueve. El primer par de días había sido emocionante. Se había corrido la voz de que la destrucción del aula diecinueve era resultado de una misión que le habían encargado los Vigils. Aunque nadie se lo mencionaba, descubrió que se había convertido en una especie de héroe clandestino. Hasta los mayores lo miraban con asombro y respeto. La gente le daba una palmadita en el trasero cuando pasaba a su lado, una antigua señal de distinción en Trinity. Pero con el transcurso de los días se infiltró una cierta tensión en la escuela. Circulaban rumores. Aquel sitio siempre estaba lleno de rumores, pero esta vez procedían del incidente del aula diecinueve. La venta de chocolate se pospuso una semana y el hermano León les dio una explicación poco convincente en la capilla. El director estaba hospitalizado, la venta tenía aún mucho papeleo pendiente, etcétera, etcétera. También había rumores de que León estaba llevando a cabo una investigación discreta de lo del aula diecinueve. Al pobre hermano Eugene no se le había vuelto a ver desde aquella mañana catastrófica. Había tenido un ataque de nervios, según decía alguien. Otros afirmaban que había muerto alguien de su familia y que había tenido que irse. Fuera como fuese, todo recaía sobre el Cacahuete y estaba teniendo problemas para dormir. Pese a la adulación de la gente del colegio, percibía cierto distanciamiento entre él y los demás. Lo admiraban, sí, pero no querían acercarse demasiado por si acaso algo salía mal. Una tarde se había encontrado con Archie Costello en el pasillo y Archie se lo había llevado aparte.

—Si te llaman para hacerte preguntas, tú no sabes nada —le dijo.

El Cacahuete no podía saber que aquello era lo que más le gustaba a Archie: intimidar a la gente, preocuparla. Desde entonces, el Cacahuete había ido por la vida en un estado de continuo temor, esperando casi a que su nombre saliera en un cartel de *Se Busca* en el tablón de anuncios. Ya no quería recibir la adulación de los demás. Lo único que quería era ser el Cacahuete, jugar al fútbol y correr por las mañanas. Y tenía miedo de que lo llamara el hermano León, al tiempo que se preguntaba si sería capaz de soportar el interrogatorio, si podría mirar hacia aquellos ojos húmedos y mentirle en la cara.

—¿Goubert?

Entonces se dio cuenta de que el hermano León había pronunciado su apellido dos o tres veces.

—Sí —contestó el Cacahuete.

El hermano León se detuvo, lanzándole una mirada de interrogación. El Cacahuete se estremeció.

—Hoy no parece usted estar del todo aquí, Goubert —dijo León—. Al menos en espíritu.

—Lo siento, hermano León.

—Y ya que hablamos de espíritus, Goubert, se dará usted cuenta, me imagino, de que esta venta de chocolate es más que cualquier simple venta o que cualquier otro proyecto rutinario, ¿verdad?

—Sí, hermano León.

¿Estaría tendiéndole una trampa?

—Lo más hermoso de la venta, Goubert, es que este proyecto pertenece por completo a los alumnos. Son los alumnos los que venden el chocolate. La escuela se limita a gestionar el proyecto. Es su venta, su proyecto.

—Gilipolleces —dijo alguien de modo que León no le oyera.

—Sí, hermano León —dijo el Cacahuete con alivio al darse cuenta de que el profesor estaba demasiado absorto en el chocolate como para ponerse a valorar su grado de inocencia o de culpabilidad.

—¿Acepta entonces las cincuenta cajas?

—Sí —dijo el Cacahuete con verdadera ilusión.

Cincuenta cajas era un montón de chocolate, pero estaba contento de poder decir que sí y volver al anonimato.

La mano de León se movió ceremoniosamente al escribir el apellido del Cacahuete.

—¿Hartnett?

—Sí.

—¿Johnson?

—¿Por qué no?

León aceptó aquella pequeña burla de Johnson porque estaba de un humor excelente. El Cacahuete se preguntó si él volvería a estar alguna vez de buen humor. Y se sintió confuso. ¿Por qué le daba la depre sólo de pensar en lo del aula diecinueve? ¿Por la destrucción? De hecho, habían podido volver a armar las sillas y los pupitres en un solo día. León había creído castigar a los alumnos elegidos para hacer la tarea, pero el tiro le había salido por la culata. Cada tornillo, cada mueble era un recuerdo del maravilloso incidente. Incluso hubo quien se ofreció para el trabajo. Pero entonces, ¿por qué aquel terrible sentimiento de culpa? ¿Por el hermano Eugene? Quizá. Cada vez que el Cacahuete pasaba frente al aula diecinueve, no podía resistir la tentación de mirar dentro.

La clase nunca volvería a ser la misma, por supuesto. Los muebles crujían con ruidos extraños, como si todo fuera a volver a derrumbarse sin previo aviso. A los diversos profesores que utilizaban el aula se les notaba incómodos. Saltaba a la vista que sentían aprensión. De vez en cuando, alguien dejaba caer un libro sólo para ver cómo el profesor hacía una mueca o se sobresaltaba de miedo.

Absorto en sus pensamientos, el Cacahuete no se había dado cuenta de que un terrible silencio reinaba en la clase. Pero notó la quietud cuando levantó la vista y contempló el rostro empalidecido del hermano León, más pálido que nunca, y aquellos ojos reluciendo como charcos inundados de sol.

—¿Renault?

Más silencio.

El Cacahuete echó un rápido vistazo hacia Jerry, que se hallaba a tres pupitres de distancia. Estaba sentado muy agarrotado, con los codos apoyados en el pupitre y la vista perdida, como si estuviera en trance.

—¿Está usted aquí, verdad, Renault? —preguntó León, intentando convertir aquello en una broma.

Pero su esfuerzo sólo logró lo contrario. Nadie se rió.

—Es la última llamada, Renault.

—No —dijo Jerry.

El Cacahuete no estaba seguro de haber oído bien. Jerry había hablado en voz tan baja, casi sin mover los labios, que su respuesta no había sido clara, ni siquiera en medio de aquel silencio absoluto.

—¿Qué? —ahora hablaba León.

—No.

Confusión. Alguien se rió. Una broma en clase siempre era de agradecer, cualquier cosa que rompiese el aburrimiento de la rutina.

—¿Ha dicho usted que "no", Renault? —preguntó el hermano León en tono irritado.

—Sí.

—¿Sí, qué?

El diálogo resultaba delicioso para toda la clase. Sonó una risita y luego un bufido, seguidos de la extraña sensación que se apoderaba de cualquier clase cuando sucedía lo inesperado, cuando los alumnos percibían una diferencia de clima, una alteración de la atmósfera, como cuando está cambiando una estación.

—A ver si lo consigo entender, Renault —dijo el hermano León con una voz que le devolvió el control del aula—. He dicho su apellido. Usted podía responder que "sí" o que "no". "Sí" significa que, al igual que todos los demás alumnos de la escuela, accede a vender cierta cantidad de chocolate, en este caso cincuenta cajas. "No", y permítame recordarle que la venta es absolutamente voluntaria y que Trinity no obliga a nadie a participar en contra de su voluntad, porque ésa es la gran gloria de Trinity..., "no" significa que no desea vender chocolate, que se niega a participar. Y bien, ¿qué me responde? ¿Sí o no?

—No.

El Cacahuete miró a Jerry con ojos desorbitados de incredulidad. ¿Era aquél el Jerry Renault que siempre parecía un poco preocupado, un poco inseguro de sí mismo incluso después de haber hecho un pase genial, el que siempre parecía como perplejo...? ¿Era realmente él quien ahora desafiaba abiertamente al hermano León? ¿Y no sólo al hermano León, sino a una de las tradiciones de Trinity? Luego, mirando a León, el Cacahuete tuvo la sensación de estar viendo al profesor en tecnicolor, con la sangre latiéndole en las mejillas y los ojos húmedos como especímenes salidos de tubos de ensayo. Finalmente, el hermano León bajó la cabeza y el lápiz se movió en su mano al tiempo que hacía alguna horrorosa anotación junto al apellido de Jerry.

El tipo de silencio que reinaba en la clase era

desconocido para el Cacahuete. Horripilante, espectral, asfixiante.

—¿Santucci? —dijo León con voz ahogada, pero esforzándose por sonar normal.

—Sí.

León levantó la vista para sonreírle a Santucci, parpadeando hasta eliminar su propio rubor, con el tipo de sonrisa que los encargados de las funerarias colocan en los rostros de los cadáveres.

—¿Tessier?

—Sí.

—¿Williams?

—Sí.

Williams era el último. En aquella clase no había ningún apellido que empezara con *X, Y o Z*. El "sí" de Williams quedó flotando en el aire. Todos parecían evitar la mirada de los demás.

—Pueden ustedes recoger el chocolate en el gimnasio, señores —dijo el hermano León con ojos brillantes, brillantes de humedad—. Los que sean verdaderos hijos de Trinity, por supuesto. A quien no lo sea sólo puedo expresarle mi condolencia —siempre con aquella terrible sonrisa clavada en el rostro—. Pueden ustedes irse —exclamó León, aunque aún no había sonado el timbre.

Capítulo 14

Veamos, sabía que podía contar con su tía Agnes y con Mike Terasigni, al que le cortaba el césped todas las semanas en verano, y con el padre O'Toole, el de la rectoría (aunque su madre lo haría picadillo si supiese que había apuntado al padre O'Toole en la lista), y con el señor y la señora Thornton, que no eran católicos, pero siempre estaban dispuestos a apoyar una buena causa, y, por supuesto, con la señora Mitchell, la viuda a la que le hacía los encargos todos los sábados por la mañana, y con Henry Babineau, un soltero al que le olía tanto el aliento que casi te tumbaba cuando le abrías la puerta, pero que, según todas las madres del barrio, era la amabilidad y la gentileza personificadas...

A John Sulkey le gustaba hacer listas siempre que había una venta en la escuela. El año pasado, recién llegado a Trinity, había ganado el primer premio por vender la mayor cantidad de boletos para una rifa escolar: ciento veinticinco talonarios a razón de doce boletos por talonario; y le habían dado una chapita especial en la entrega de premios de fin de curso. Era el único honor que había cosechado en toda su vida: púrpura y dorado (los colores de la escuela) y en forma de triángulo, simbolizando la Santísima Trinidad. Sus padres se habían quedado ahítos de orgullo. John era un desastre en los deportes y una absoluta mediocridad en los estudios —siempre aprobando por los pelos—; pero, como decía su madre, el hombre propone y Dios dispone.

Lógicamente, la cosa requería planificación. Ése era el motivo por el que John hacía las listas con antelación. A veces, incluso iba a visitar a sus clientes habituales antes del comienzo de la venta para que supieran lo que les esperaba. Nada le gustaba más que echarse a la calle, ponerse a tocar timbres, ver cómo se iba amontonando el dinero, un dinero que él entregaba al día siguiente mientras pasaban lista, y ver cómo el hermano encargado de su tutoría le sonreía. Aún se ruborizaba de placer al recordar el día en que subió al escenario el año pasado para recibir su premio, y cómo el director había hablado del "Servicio Prestado A La Escuela" y cómo "John Sulkey era la encarnación de aquellos atributos tan especiales" (palabras literales que aún resonaban en la mente de John, especialmente cuando veía los nada honrosos *suficientes* e *insuficientes* que llenaban su libreta de calificaciones cada trimestre). En fin. Otra venta. Chocolate. El doble de caro que el año pasado, pero John se sentía seguro. El hermano León había prometido poner una lista especial de honor en el tablón de anuncios del vestíbulo del primer piso, donde escribiría los nombres de todos los que cumplieran con su cuota o la superasen. Una cuota de cincuenta cajas. Más alta que nunca, lo que alegraba a John. A los demás les resultaría más difícil cumplir con ella (ya estaban quejándose y gimoteando), pero John se sentía totalmente seguro. De hecho, cuando el hermano León había hablado sobre la lista de honor, John Sulkey hubiera jurado que lo estaba mirando directamente a él, como si el hermano León contara personalmente con él para dar el ejemplo.

Así que, veamos…, la nueva urbanización de Maple

Terrace. Tal vez debiera hacer una campaña especial en aquella zona este año. Había nueve o diez casas nuevas allí. Pero antes que nadie, los fieles de siempre, los que habían llegado a adquirir la condición de clientes habituales: la señora Swanson, que a veces olía a alcohol, pero a la que siempre le hacía ilusión comprar lo que fuera, aunque luego lo tenía de cháchara demasiado rato, cotilleando sobre gente a la que John Sulkey ni siquiera conocía; y el bueno del tío Louie, siempre tan de fiar, que no paraba de darle cera a su coche, aunque lo de darle cera a los coches casi parecía ya cosa de la Edad de Piedra en estos tiempos; y también estaban los Capoletti, al final de la calle, que siempre le invitaban a comer algo, pizza fría —que no es que a John le encantara precisamente— y con un olor a ajo que casi te tumbaba; pero uno tenía que hacer sacrificios, grandes y pequeños, todo en nombre del "Servicio Prestado A La Escuela"...

—¿**A**damo?

—Cuatro.

—¿Beauvais?

—Una.

El hermano León hizo una pausa y levantó la vista.

—Beauvais, Beauvais. Seguro que lo puede hacer mucho mejor. ¿Sólo una? Vaya, pero si el año pasado estableció usted el récord de cajas vendidas en una sola semana.

—Es que tardo en empezar, pero cuando empiezo... —dijo Beauvais.

Era un chico muy sano: exactamente un genio de los estudios, pero muy simpático, y sin un solo enemigo en el mundo.

—Vuelva a probar la semana que viene —añadió.

La clase entera se echó a reír y el hermano León se unió a las risas. El Cacahuete también se rió, dando gracias por la pequeña relajación de la tensión. Se había dado cuenta de que últimamente los de su clase tenían tendencia a reírse de cosas que no eran realmente graciosas por la sencilla razón de que parecían estar buscando algo que los distrajera durante unos segundos, algo que alargara el pase de lista, que lo alargase hasta llegar a la *R*. Todos sabían lo que sucedería cuando sonase el apellido Renault. Era como si al reírse pasaran por alto aquella situación.

—¿Fontaine?

—¡Diez!

Un estallido de aplausos dirigido por el hermano León en persona.

—Maravilloso, Fontaine. Ése es el verdadero espíritu, una maravillosa demostración del verdadero espíritu.

Al Cacahuete le costó resistir la tentación de mirar a Jerry. Su amigo estaba sentado, agarrotado y en tensión, con los nudillos blancos. Era el cuarto día de la venta y Jerry seguía contestando con un "no" cada mañana, con la mirada perdida, inflexible, decidido. Olvidándose de sus problemas por un instante, el Cacahuete había intentado acercarse a Jerry al acabar el entrenamiento el día anterior. Pero Jerry lo había evitado.

—Déjame, Cacahuete —le dijo—. Sé lo que quieres preguntarme, pero no lo hagas.

—¿Parmentier?

—Seis.

Y entonces volvió a acumularse la tensión. Ahora le tocaba a Jerry. El Cacahuete oyó un sonido extraño, como si la clase hubiese contenido el aliento toda al mismo tiempo.

—¿Renault?

—No.

Pausa. Uno hubiera pensado que el hermano León se habría acostumbrado a la situación a aquellas alturas, que pasaría rápidamente el apellido de Renault. Pero todos y cada uno de los días la voz del profesor entonaba aquel nombre lleno de esperanzas, y todos y cada uno de los días recibía la misma respuesta negativa.

—¿Santucci?

—Tres.

El Cacahuete exhaló el aire. Lo mismo hizo el resto de la clase. De forma absolutamente accidental, el Cacahuete levantó la vista al tiempo que el hermano León anotaba la cantidad de Santucci. Y vio que le temblaba la mano. El Cacahuete tenía una terrible sensación de que algún destino terrible estaba a punto de abalanzarse sobre todos ellos.

Las piernas cortas y regordetas de Bola de Sebo Casper le estaban llevando por el barrio en lo que para él era un tiempo récord. Lo hubiera hecho en un tiempo incluso mejor si no tuviese pinchada una de las ruedas de la bicicleta, no sólo pinchada, sino absolutamente irreparable, pero no tenía dinero para comprar una nueva. De hecho, era una desesperada necesidad de dinero lo que llevaba a Bola de Sebo a corretear como loco por la ciudad, de casa en casa, cargando chocolate, llamando a las puertas y a los timbres. Encima, tenía que hacerlo a escondidas, por temor a que su padre o su madre pudieran verlo. Las posibilidades de toparse con su padre eran mínimas; estaría trabajando en la tienda de plásticos. Pero su madre era harina de otro costal. Era una maniática del coche, como decía su padre, y no podía soportar quedarse en casa, por lo que siempre andaba conduciendo de acá para allá.

A Bola de Sebo empezó a dolerle el brazo por el peso del chocolate y se cambió la carga de mano, deteniéndose un instante para darse una palmadita en el bulto consolador en que se estaba convirtiendo su cartera. Ya había vendido tres cajas —seis dólares—, pero con eso no bastaba, por supuesto. Estaba aún desesperado. Necesitaba una burrada más de pasta para esa misma noche y nadie, lo que se dice nadie le había comprado ni una sola caja en las seis últimas casas a las que había llamado. Había ahorrado todo lo que había podido de su paga e incluso anoche había birlado un billete de dólar doblado y grasiento del bolsillo de su padre cuando llegó a casa medio borracho y tambaleándose. Odiaba hacerlo —robarle a su propio padre—. Se había jurado devolverle el dinero tan pronto le fuera posible. ¿Y cuándo sería eso? Bola de Sebo no lo sabía. Dinero, dinero, dinero; se había convertido en una necesidad constante en su vida: el dinero y su amor por Rita. Su mesada apenas le alcanzaba para llevarla al cine y para una Coca-Cola después. Salía a dos cincuenta por cabeza el cine, y cincuenta centavos por las dos Coca-Colas. Y, por alguna extraña razón, sus padres la odiaban. Tenía que verla a escondidas. Para llamarla por teléfono tenía que irse a casa de Ossie Baker. "Es muy mayor para ti", le había dicho su madre, cuando lo cierto era que Bola de Sebo le llevaba seis meses. "Bueno, pues se ve mayor", había dicho su madre. Lo que su madre debería haber dicho era que se veía hermosa. Era tan hermosa que sólo de verla Bola de Sebo se echaba a temblar por dentro, como si sufriera un terremoto interior. Por la noche, en la cama, se empalmaba sin ni siquiera tocarse, sólo con pensar en ella. Y ahora resultaba que mañana era su cumpleaños y tenía que comprarle el regalo que le había pedido: aquel brazalete que Rita había visto en el escaparate de Black's, en el centro, aquel terrible y hermoso brazalete tan brillante y reluciente. Terrible por la etiqueta con el precio: 18,95 dólares más impuestos. "Cariño", ella nunca le llamaba Bola de Sebo, "eso es lo que más quiero en el mundo". La hostia: los 18,95 más el tres por ciento de impuestos, según los cálculos de Bola de Sebo, darían un total de 19,52 dólares, porque los impuestos ascenderían a cincuenta y siete centavos. Sabía que no tenía que comprarle el brazalete.

Era una chica tierna que lo quería por sí mismo. Caminaba por la acera junto a él, rozándole el brazo con el pecho, incendiándolo por dentro. La primera vez que se rozó contra él, Bola de Sebo pensó que había sido un accidente y se apartó, todo excusas, dejando un espacio entre ambos. Luego se volvió a rozar contra él. Eso fue la noche en que le compró los pendientes; y Bola de Sebo supo que no había sido ningún accidente. Se había empalmado y de repente se sintió avergonzado e incómodo y deliciosamente feliz todo a un tiempo. Él, Bola de Sebo Casper, un tipo con veinte kilos de más, algo que su padre nunca le permitía olvidar. Era con él con quien había rozado su pecho aquella hermosa muchacha, aunque no hermosa del modo en que su madre pensaba que las chicas debían ser hermosas, sino hermosa de un modo maduro y desenfrenado. Aquellos vaqueros desvaídos que se le abrazaban a las caderas, aquellos pechos hermosos que daban brincos bajo su jersey... Rita sólo tenía catorce años y él apenas quince, pero estaban enamorados —enamorados, hostias— y lo único que los separaba era el dinero, el dinero para tomar el autobús porque Rita vivía en el otro extremo de la ciudad. Habían quedado en verse al día siguiente, que era el cumpleaños de Rita, en Monument Park, para una especie de comida al aire libre. Ella llevaría los bocadillos y él traería el brazalete. Sabía qué delicias le esperaban, pero también sabía, muy dentro, que el brazalete era lo más importante...

Todo esto le empujaba ahora en su frenesí, sin aliento y sin ningún recato, intentando reunir un dinero que sabía vagamente que al final sólo le traería problemas. ¿De dónde sacaría suficiente dinero para devolver la parte de lo recaudado a la escuela? Pero qué demonios... Ya se preocuparía de eso después. Ahora mismo tenía que conseguir ese dinero y Rita lo amaba... Mañana seguramente ella le dejaría meterse bajo su jersey.

Tocó el timbre de una casa de aspecto lujoso de la avenida Sterns y preparó esa sonrisa, de las más dulces e inocentes, para dedicársela a quienquiera le abriese la puerta.

La mujer tenía el pelo húmedo y ladeado, y había un crío pequeño, de unos dos o tres años, que le tiraba de la falda.

—¿Chocolates? —preguntó con una risa amarga, como si Paul Consalvo hubiese sugerido la cosa más absurda del mundo—. ¿Qué quieres, que te compre chocolates?

La criatura llevaba medio caídos unos pañales de aspecto pastoso y no paraba de gritar: "¡Mami... mami...!" Dentro del apartamento había otro crío berreando.

—Es por una buena causa —dijo Paul—. ¡Por la escuela de Trinity!

Paul frunció la nariz a causa del olor a pis.

—Dios mío —dijo la mujer—. ¡Chocolates!

—¡Mami... mami...! —aullaba el crío.

A Paul le daban pena los adultos, atrapados en sus casas y apartamentos, con críos a los que cuidar y las labores de la casa siempre por hacer. Pensó en sus propios padres y en la inutilidad de sus vidas. Su padre, que se quedaba frito todas las noches después de cenar; y su madre, que siempre parecía cansada y sin fuerzas. ¿Qué significado tiene la vida para ellos? Paul sentía constantemente deseos de irse de la casa.

—¿A dónde vas que no paras de salir? —le preguntaba su madre cada vez que huía de allí.

¿Cómo le iba a decir que detestaba la casa, que tanto su padre como su madre estaban muertos sin saberlo, que, si no fuese por la televisión, aquel lugar sería como una tumba? No podía decírselo porque lo cierto era que los quería, y que, si la casa se incendiase en plena noche, los rescataría, dispuesto a sacrificar su vida por ellos. Pero aquella casa era tan aburrida, estaba tan asquerosamente muerta... ¿Qué le sacaban a la vida? Eran muy mayores hasta para el sexo, aunque Paul rehuía la mera idea. Era incapaz de creer que su madre y su padre aún...

—Lo siento —dijo la mujer, cerrándole la puerta en las narices, meneando la cabeza asombrada por su perspicacia como vendedor.

Paul se quedó en el umbral, preguntándose qué hacer a continuación. Aquella tarde había tenido la suerte en contra; no había vendido ni una sola caja. De todas formas, odiaba venderlas, aunque le dieran una excusa para salir de casa. Pero era incapaz de ponerle verdadera ilusión. Se limitaba a ofrecerlas mecánicamente.

Fuera del edificio, Paul se planteó las opciones que le quedaban: insistir con la venta a pesar de que hoy no era su día de suerte o volver a casa. Atravesó la calle y llamó al timbre de otro edificio de varios pisos. En un edificio de aquéllos uno podía ofrecer a cinco o seis familias al mismo tiempo, aunque todas las viviendas parecían oler a pis.

El hermano León había "ofrecido como voluntario" a Brian Cochran para el puesto de tesorero de la venta de chocolate. Lo que significaba que había echado un vistazo a la clase, clavado aquellos ojos acuosos en Brian, señalado al chico con el dedo y, como decía el hermano Aimé en clase de francés, *voilà*, Brian se había convertido en tesorero. Odiaba el cargo porque vivía atemorizado por el hermano León. Uno nunca podía fiarse de León. Brian era de los mayores y lo había tenido como profesor regular o como tutor durante cuatro años, pero aún se sentía incómodo en su presencia. Aquel hombre era impredecible y, sin embargo, predecible al mismo tiempo: un razonamiento que confundía a Brian, que no era precisamente un genio de la psicología. El asunto se planteaba del siguiente modo: uno sabía que León siempre haría lo inesperado. ¿Acaso no era eso ser predecible e impredecible a la vez? Le encantaba poner exámenes sorpresa a la clase... y luego, de repente, también se podía volver un buen tipo, de los que dejan pasar semanas enteras sin poner ningún examen o poniéndolo pero tirando las notas a la papelera. O, si no, urdía un examen de los de todo o nada —era famoso por ellos—, en el que hilaba preguntas capaces de volver loco al más pintado porque parecían tener un millón de respuestas posibles. Además, se las daba de duro con el puntero en la mano, aunque eso lo solía reservar a los de primer año. Si alguna vez se le ocurría darle al truquito del puntero con, por ejemplo, alguien como Carter, se podía armar la de Dios. Pero no todo el mundo era John Carter, presidente de los Vigils, defensa superestrella del equipo de fútbol y presidente del club de boxeo. Ojalá Brian Cochran fuese como John Carter, con músculos en lugar de gafas, rápido con los guantes de boxeo en vez de con los números.

Y hablando de números, Brian Cochran empezó a comprobar las cuentas. Como de costumbre, había una discrepancia entre la cantidad de chocolate supuestamente vendido y el dinero que en realidad había entrado. Como era de público conocimiento, la gente se quedaba con parte del dinero hasta el último instante. Normalmente, nadie le daba la menor importancia: era la naturaleza humana. Un montón de alumnos vendían el chocolate, se gastaban el dinero en una cita importante o en una noche loca y luego reponían lo que habían tomado con el dinero de su mesada o con el salario de sus trabajos de media jornada. Pero este año el hermano León se comportaba como si hasta el último dólar fuese una cuestión de vida o muerte. De hecho, estaba sacando de quicio a Brian Cochran.

El cargo de tesorero exigía que Brian fuese a todas las aulas al final del día para anotar los progresos declarados por los chicos. Las cajas vendidas. El dinero ingresado. Luego, Brian iba al despacho del hermano León y lo sumaba todo. Después aparecía el hermano León y comprobaba el informe de Brian. Sencillo, ¿verdad? Pues no. Por la forma en que se estaba comportando el hermano León este año, parecía que el informe diario era una especie de acontecimiento mundial. Cerebrito Cochran nunca había visto al hermano tan irritable, tan nervioso. Al principio se lo había pasado en grande al observar los temores del profesor, su manera de chorrear sudor como si tuviera una bomba interior que produjera toda aquella transpiración. Cuando llegaba al despacho y se quitaba la bata negra que tenía que llevar en clase tanto en invierno como en verano, aparecían manchas de sudor que le oscurecían las axilas y olía como si acabara de disputar un combate a diez asaltos en el cuadrilátero. Y luego no paraba de moverse y de revolverlo todo mientras comprobaba las cifras de Brian por partida doble, mordisqueando un lápiz y recorriendo la habitación de arriba abajo.

Hoy Brian estaba más confuso que nunca. León había pasado un informe a todas las clases en el que establecía el total de ventas en 4.582. Lo que no era cierto. Los alumnos habían vendido exactamente 3.961 cajas y habían ingresado lo correspondiente a 2.871. Resultaba obvio que las ventas eran menores que el año pasado; y lo mismo sucedía con el dinero. No podía entender por qué León había difundido un informe falso. ¿Acaso creía que así les podría meter marcha?

Brian se encogió de hombros mientras volvía a comprobar sus propias sumas, no fuera que el hermano León le acusase de cualquier error. No soportaría tener a León de enemigo, que era una de las razones de que hubiese aceptado el cargo de tesorero sin armar jaleo. Brian estaba en la clase de álgebra de León y no quería correr el riesgo de encontrarse con deberes extra o con súbitos e inexplicables *muy deficientes* en sus exámenes.

Al volver a mirar el resumen, Brian vio el cero junto al apellido de Jerome Renault. Soltó una risita. Ése era el tío de primer año que se negaba a vender chocolate. Brian meneó la cabeza. ¿Quién podía emperrarse en luchar contra el sistema? ¡Qué bárbaro!, ¿quién podía emperrarse en luchar contra el hermano León? Aquel tío debía de estar loco.

—¿LeBlanc?

—Seis.

—¿Malloran?

—Tres.

La pausa. El aliento contenido. La cosa se había convertido en una especie de juego: aquel pase de lista, el momento fascinante del aula del hermano León. Hasta el propio Cacahuete no podía evitar sentir aquella tensión, a pesar de que todo el asunto lo ponía malo del estómago. El Cacahuete era un tipo pacífico. Odiaba la tensión, los enfrentamientos. Paz, que haya paz. Pero en la clase del hermano León no había paz por las mañanas, cuando pasaba la lista del chocolate. Se quedaba de pie, tenso ante su mesa, con aquellos ojos acuosos parpadeando bajo la luz de la mañana, mientras Jerry Renault se quedaba sentado como de costumbre ante su pupitre, sin demostrar emoción alguna, indiferente, con los codos apoyados sobre la superficie del pupitre.

—¿Parmentier?

—Dos.

—Ahora...

—Renault.

Inhalación.

—No.

Exhalación.

Y el rubor se extendía sobre el rostro de León, como si las venas se le hubieran convertido en tubos fluorescentes de color escarlata.

—¿Santucci?

—Dos.

El Cacahuete estaba ansioso de que sonara el timbre.

Capítulo 15

—Eh, Archie —lo llamó Emile Janza.

—Sí, Emile.

—¿Aún tienes esa foto?

—¿Qué foto? —y reprimió una sonrisa.

—Sabes perfectamente qué foto.

—Ah, esa foto. Sí, Emile, aún la tengo.

—Supongo que no está a la venta, Archie.

—No está a la venta, Emile. Y, de todas maneras, ¿qué ibas a hacer con una foto así? Si he de serte franco, Emile, no es la mejor foto que te hayan hecho en la vida. Vamos, que ni siquiera estás sonriendo ni nada. Tienes una expresión graciosa en la cara. Pero no estás sonriendo, Emile.

También había una expresión graciosa en la cara de Emile Janza en aquel preciso instante, y tampoco estaba sonriendo. Cualquiera menos Archie se hubiese sentido intimidado por aquella mirada.

—¿Dónde guardas la foto, Archie?

—Está a salvo, Emile. Absolutamente a salvo.

—Me alegro.

Archie se preguntó si debería decirle la verdad sobre la foto. Sabía que Emile Janza podía resultar un enemigo peligroso. Por otro lado, la foto también era útil como arma.

—Te voy a decir una cosa, Emile —le propuso Archie—. Un día de éstos a lo mejor podrás quedarte con esa foto.

Janza tiró el cigarrillo contra un árbol y observó cómo la colilla rebotaba y se metía en una alcantarilla. Se sacó un paquete del bolsillo, se dio cuenta de que estaba vacío y lo tiró al suelo, viendo cómo el viento lo arrastraba por la acera. A Emile Janza, lo de mantener limpio a Estados Unidos le importaba un comino.

—¿Y cómo podría quedarme con la foto, Archie?

—Bueno…, no tendrás que comprarla.

—¿Quieres decir que me la darías? Seguro que algo me pedirás a cambio, Archie.

—Supones bien, Emile. Pero no será nada que no puedas resolver cuando llegue el momento.

—Me lo dirás cuando llegue el momento, ¿verdad, Archie?—preguntó Emile, soltando su risita estúpida.

—Serás el primero en enterarte —dijo Archie.

El tono de su conversación había sido ligero, juguetón, pero Archie sabía que en su fuero interno Emile hablaba absoluta, mortíferamente en serio. Archie también sabía que Janza estaba prácticamente dispuesto a asesinarlo en la cama si así conseguía poner aquellas manos sudorosas sobre la foto. Y la ironía terrible del asunto era que no existía ninguna foto. Archie se había limitado a aprovecharse de una situación ridícula. El asunto era como sigue: Archie había hecho pellas y se había escabullido por el pasillo, evitando a los hermanos. Al pasar por un armario abierto, había visto una cámara colgando de uno de los ganchos para abrigos. Automáticamente, Archie había cogido la cámara. No es que fuera ladrón, por supuesto. Había nada más pensado dejarla en cualquier sitio, de forma que el dueño, quienquiera que fuese, tuviera que andar por todo el colegio buscándola. Al entrar en el lavabo para echar un cigarrillo rápido, Archie había abierto la puerta de uno de los apartados y se había encontrado con Janza allí sentado, con los pantalones en el suelo y una mano trabajando con frenesí entre las piernas. Archie alzó la cámara y fingió sacar una foto al grito de: "¡No te muevas!"

"Perfecto", le había dicho Archie.

Janza se había quedado tan confuso y atónito que fue incapaz de reaccionar con rapidez. Para cuando se hubo recuperado, Archie estaba ya en la puerta, dispuesto a salir volando si Janza intentaba algo.

—Será mejor que me des esa cámara —le dijo Janza.

—Si te quieres hacer una paja en el baño, por lo menos echa el cerrojo —contestó Archie en tono burlón.

—El cerrojo está roto —replicó Emile—. Están todos rotos.

—En fin, tampoco tienes por qué preocuparte, Emile. Tu secreto estará a salvo conmigo.

Ahora Janza le dio la espalda a Archie y divisó a uno de los de primero que cruzaba rápidamente la calle, obviamente preocupado y con miedo de llegar tarde a clase. Tardaba uno un año o dos en desarrollar el sentido del tiempo que te permitía quedarte hasta el último momento en la puerta.

—Eh, enano —lo llamó Janza.

El crío levantó la vista, presa del pánico al ver a Janza.

—¿Tienes miedo de llegar tarde?

El crío tragó saliva al tiempo que asentía.

—No tengas miedo, enano.

Sonó el último silbato. Quedaban exactamente cuarenta y cinco segundos para llegar a clase.

—Me he quedado sin cigarrillos —le informó Emile, palpándose los bolsillos.

Archie sonrió al darse cuenta de lo que proyectaba hacer Janza. Emile se consideraba candidato para entrar en los Vigils y siempre estaba intentando impresionar a Archie.

—Lo que me gustaría que hicieras, enano, es que fueses corriendo a Baker's y me compraras un paquete de cigarrillos.

—No tengo dinero —protestó el muchacho—. Y llegaré tarde a clase.

—Así es la vida, enano. Así son las cosas. Cara, gano yo; cruz, pierdes tú. Y, si no tienes dinero, robas los pitillos. O pide prestado. Pero ven a verme a la hora de comer con los cigarrillos. Cualquier marca. Emile Janza no es caprichoso.

Lo de incluir el nombre era una manera de que el crío supiese con quién se la estaba jugando en caso de que no le hubieran informado sobre Emile Janza.

Archie se quedó allí, sabedor de que se estaba arriesgando a recibir una reprimenda por llegar tarde. Pero Janza lo fascinaba, por muy tosco y vulgar que fuese. Había dos clases de gente en el mundo: las víctimas y los verdugos. No había ninguna duda sobre la categoría a la que pertenecía Janza. Ni sobre la suya propia tampoco. Y no había dudas sobre la del crío, que había echado a correr cuesta abajo sollozando ya antes de darse la vuelta.

—Sí que tiene dinero, Archie —dijo Emile—. ¿No te has dado cuenta de que sí tenía dinero y que estaba mintiendo como un bellaco?

—Me juego lo que sea a que también tiras a las

viejecitas por las escaleras y les pones la zancadilla a los inválidos cuando intentan cruzar la calle —dijo Archie.

Janza soltó una risita.

La risita hizo estremecerse a Archie, al que también había quien consideraba capaz de hacerle daño a las viejecitas y de ponerles la zancadilla a los inválidos.

Capítulo 16

—Una muy mala nota, Caroni.

—Lo sé, lo sé.

—Y usted, que académicamente suele ser tan brillante.

—Gracias, hermano León.

—¿Qué tal sus otras notas?

—Sin problemas, hermano, sin problemas. De hecho, pensaba..., o sea, que intentaba sacarlo todo con *sobresaliente* este trimestre. Pero ahora, con este muy *deficiente*...

—Lo sé —dijo el profesor, meneando la cabeza con pesar, con gesto compasivo.

Caroni estaba perplejo. Nunca en su vida había sacado un *muy deficiente*. De hecho, rara era la nota que había bajado de *sobresaliente*. En séptimo y octavo de primaria, en St. Jude, había sacado todo *sobresalientes* durante dos años seguidos salvo por un *notable* alto en una ocasión. Le había ido tan bien en el examen de ingreso de Trinity que le habían concedido una de las escasas becas: cien dólares de contribución para su educación y su foto en el periódico. Y ahora aparecía este espeluznante *muy deficiente*. Un examen de rutina convertido en una pesadilla.

—El *muy deficiente* me sorprendió a mi también —dijo el hermano León—. Porque tú eres un alumno excelente, David.

Caroni levantó la vista repentinamente, lleno de

asombro y esperanza. El hermano León casi nunca llamaba a los alumnos por su nombre de pila. Siempre mantenía la distancia entre él y ellos.

—Existe una frontera invisible entre el profesor y el alumno —decía siempre—, y es una línea que no se debe cruzar.

Pero ahora, al ver que lo tuteaba en un tono tan amistoso y con tanta amabilidad y comprensión, Caroni se permitió albergar esperanzas... ¿Pero de qué? ¿Cabía la posibilidad de que el *muy deficiente* acabase resultando un error?

—Esta prueba era difícil por varias razones —continuó diciendo el profesor—. Ha sido uno de esos exámenes en los que una interpretación sutilmente errónea de los datos marcaba toda la diferencia entre el aprobado y el suspenso. De hecho era un examen a todo o nada. Y cuando leí tus respuestas, David, por un instante creí que cabía la posibilidad de que hubieses aprobado. En muchos sentidos, acertabas en tus afirmaciones. Pero, por otro lado...

Su voz se perdió en el silencio. Parecía profundamente absorto, preocupado.

Caroni aguardó. Afuera sonó una bocina: el autobús de la escuela que se alejaba pesadamente. Pensó en su padre y en su madre y en lo que harían cuando se enterasen del *muy deficiente*. Destrozaría su promedio. Era casi imposible superar un *muy deficiente*, por muchos más *sobresalientes* que lograra sacar.

—Una de las cosas de las que los alumnos no siempre se dan cuenta, David —continuó diciendo el hermano León, con voz suave, íntima, como si estuvieran solos en el mundo, como si nunca hubiese hablado con nadie del modo en que estaba hablando con David en aquel instante, una de las cosas que no acaban de comprender es que los profesores también son humanos. Tan humanos como el que más.

El hermano León sonrió como si hubiera contado un chiste. Caroni se permitió esbozar una pequeña sonrisa, nada seguro de sí mismo, intentando no equivocarse. De repente hacía calor en el aula, parecía atestada de gente, a pesar de que estaban los dos solos.

—Sí, sí, somos más humanos incluso de lo que quisiéramos. Tenemos nuestros días buenos y nuestros días malos. Nos cansamos. A veces nos obcecamos y se nos deteriora el sentido de la justicia. A veces, como dicen los chicos, la pifiamos. Cabe incluso la posibilidad de que cometamos errores a la hora de corregir exámenes, especialmente cuando las respuestas no son como dos y dos son cuatro, una cosa o la otra, blanco o negro...

Caroni era todo oídos, alerta... ¿A dónde quería ir a parar el hermano León? Lo miró detenidamente. El profesor tenía el aspecto de siempre: aquellos ojos acuosos que a Caroni le recordaban cebollas cocidas, la piel pálida y húmeda, y el hablar tranquilo, siempre bajo control. En la mano sostenía un trozo de tiza al estilo en que se agarra un cigarrillo. O quizá como un puntero en miniatura.

—¿Habías oído alguna vez a un profesor admitir que era posible equivocarse, David? ¿Lo habías oído antes? —le preguntó el hermano León entre risas.

—Como un árbitro que reconociera haberse equivocado al pitar una falta —dijo Caroni, uniéndose a la pequeña broma del profesor.

¿Pero a santo de qué la broma? ¿A santo de qué todo aquello de los errores?

—Sí, sí—asintió León—. Nadie es infalible. Y es comprensible. Todos tenemos nuestros deberes y debemos cumplir con ellos. El director sigue en el hospital y considero un honor sustituirlo durante su ausencia. Aparte, están las actividades extracurriculares. La venta de chocolate, por ejemplo...

Los dedos del hermano León apretaban con fuerza el trozo de tiza. Caroni notó que tenía los nudillos casi igual de blancos que la tiza. Esperó a que el profesor continuara. Pero sólo hubo silencio. Observó el movimiento de la tiza en las manos de León, el modo en que la apretaba, en que la hacía rodar con aquellos dedos, como patas de araña con una víctima en su poder.

—Pero las recompensas son muchas —continuó diciendo León.

¿Cómo podía ser que mantuviera un tono tan tranquilo cuando la mano con la que sostenía la tiza estaba tan tensa, cuando tenía las venas tan marcadas que parecía que estaban a punto de reventarle y traspasarle la carne?

—¿Recompensas? —preguntó Caroni, incapaz de seguir el hilo del pensamiento del hermano León.

—La venta de chocolate —dijo León.

Y la tiza se le partió en la mano.

—Por ejemplo —dijo León, dejando caer los pedazos y abriendo el cuaderno de cuentas que todos los de Trinity conocían tan bien, el cuaderno en el que cada día se anotaban las ventas—, veamos, tú vas muy bien en las ventas, David. Dieciocho cajas vendidas. Muy bien. Excelente. No eres sólo académicamente brillante, sino que además participas del espíritu de la escuela.

Caroni se sonrojó de placer. Le resultaba imposible resistirse a un cumplido, incluso aunque estuviese hecho un lío, tal como ciertamente le sucedía en aquel instante. Toda aquella cháchara de exámenes y profesores que se cansaban y cometían errores, y ahora la venta de chocolate... y los dos pedazos de tiza abandonados en la mesa, como huesos blancos, como los huesos de un muerto.

—Si todo el mundo cumpliera como lo haces tú, David, la venta sería un éxito inmediato. Por supuesto, no todo el mundo posee tu mismo espíritu...

Caroni no estaba seguro de cómo había cogido la idea. Tal vez fuera el modo en que el hermano León había hecho una pausa en aquel punto. Tal vez toda la conversación, en cierto modo tan irreal. O tal vez la tiza en manos del hermano León, el modo que había tenido de partirla en dos mientras conservaba una voz tranquila y relajada... ¿Cuál de las dos mentía: la mano con la tiza, puro nervio y tensión, o la voz tranquila y relajada?

—Fíjate en Renault, por ejemplo —continuó diciendo el hermano León—. Es extraño, ¿verdad?

Y ahora Caroni comprendió. Tenía la mirada clavada en aquellos ojos acuosos y vigilantes y, como en un relámpago cegador, lo comprendió todo: lo que estaba pasando, lo que estaba haciendo el hermano León, la razón de esta charla amigable después del colegio. Empezó a sentir un dolor de cabeza en la zona superior del ojo derecho, un dolor que se le clavaba en la carne, una migraña. El estómago se le convirtió en un revoltijo nauseabundo. ¿Así que los profesores eran como todos los demás? ¿Así que los profesores eran tan corruptos como los malvados que describían en los libros, o que salían en el cine y en la tele? Siempre había idolatrado a sus profesores, siempre había planeado llegar a ser él mismo también un profesor si algún día era capaz de superar su timidez. Pero ahora... aquello. El dolor se acrecentó, empezó a palpitarle en la frente.

—La verdad es que me da pena Renault —decía el hermano León—. Debe de ser un chico con muchos problemas para actuar así.

—Supongo que sí —dijo Caroni, vacilando, inseguro y, sin embargo, consciente de lo que el hermano León quería de él.

Había estado viendo al hermano León todos los días en clase, pronunciando los apellidos, y lo había visto sobresaltarse como si recibiera una bofetada cada vez que Renault insistía en negarse a vender el chocolate. El asunto se había convertido en una especie de broma general. Lo cierto era que a Caroni le había dado pena Jerry Renault. Sabía que ningún alumno podía oponerse al hermano León. Pero ahora se dio cuenta de que la verdadera víctima había sido el profesor. "Debe de haber estado tirándose de los pelos durante todo este tiempo", pensó David.

—Bueno, David.

Y el eco de su nombre allí en la clase lo sobresaltó. Se preguntó si aún le quedarían aspirinas en su armario. "Olvídate de las aspirinas, olvídate del dolor de cabeza". Ya sabía de qué iba el asunto, lo que León quería saber. Pero... ¿estaba seguro?

—Ahora que habla de Jerry Renault... —dijo Caroni.

Un comienzo prudente, una apertura de la que podía retirarse sano y salvo dependiendo de la reacción del hermano León.

—¿Sí?

La mano había vuelto a tomar uno de los pedazos de tiza y aquel "¿Sí?" había sido demasiado rápido, demasiado súbito para permitir albergar más dudas. Caroni se sentía entre la espada y la pared, y el dolor de cabeza no ayudaba en lo más mínimo. ¿Podría borrar aquel *muy deficiente* sólo con decirle al hermano León lo que quería oír? ¿Acaso sería tan terrible hacerlo? Y encima un *muy deficiente* podía suponer su fin. ¿Y qué pasaba con todos los demás *muy deficientes* que León tenía capacidad de ponerle en el futuro?

—Es gracioso lo de Jerry Renault —se oyó Caroni a sí mismo. Y luego un instinto le obligó a añadir—: Pero estoy seguro de que usted sabe de lo que se trata, hermano León. Los Vigils. La misión...

—Claro, por supuesto —dijo León, echándose hacia atrás en la silla, dejando caer suavemente la tiza.

—Es una jugarreta de los Vigils. Se supone que tiene que negarse a vender chocolate durante diez días, diez días escolares, y luego aceptar. Uuf, esos Vigils son el no va más, ¿verdad?

El dolor de cabeza le estaba matando y su estómago se había convertido en un torbellino nauseabundo.

—Los chicos, ya se sabe —susurró León, asintiendo con la cabeza. Era difícil saber si estaba sorprendido o aliviado—. Conociendo el espíritu que anima a Trinity, era evidente, por supuesto. Pobre Renault. Recordará usted, Caroni, que he dicho que debía tener muchos problemas. Es terrible: obligar a un chico a verse en una situación como ésa, y en contra de su voluntad. Pero el asunto ya se ha acabado, ¿verdad? Esos diez días..., vaya, pero si se acaban, a ver..., mañana.

Y ahora estaba sonriendo y hablando como si las palabras no importasen, como si sólo importara seguir soltándolas, como si las palabras fuesen válvulas de seguridad. Y entonces Caroni se dio cuenta de que el hermano León lo había llamado por su apellido y había dejado de tutearlo...

—Bueno, pues supongo que no hay nada más que decir —dijo el hermano León, levantándose—. Ya le he retenido demasiado tiempo aquí, Caroni.

—Hermano León —dijo Caroni. No podía permitir que se librara de él así, sin más—, me había dicho que quería discutir mi nota...

—Ah, sí, sí, tiene usted razón, muchacho. Ese *muy deficiente* suyo.

Caroni presintió nubarrones que oscurecían su destino, pero a pesar de todo continuó.

—Usted dijo que los profesores cometían errores, que se cansaban...

El hermano León estaba ya de pie.

—Le propongo una cosa, Caroni. Al final del trimestre, cuando haya que poner las notas definitivas, revisaré ese examen en particular. Tal vez esté más fresco entonces. Tal vez vea un mérito que antes no me había resultado evidente...

Ahora le tocaba a Caroni sentir alivio tras la tensión, aunque el dolor aún le martilleaba la cabeza y el estómago aún lo tenía revuelto. Lo peor de todo, sin embargo, era que había dejado que el hermano León lo chantajeara. Si los profesores eran capaces de hacer ese tipo de cosas, ¿en qué mundo nos había tocado entonces vivir?

—Por otro lado, Caroni, puede que el *muy deficiente* siga en pie —dijo el hermano León—. Todo depende...

—Ya entiendo, hermano León —dijo Caroni.

Y lo entendía de verdad: que la vida era un asco, que no había héroes, no en la realidad, y que uno no podía fiarse de nadie, ni de uno mismo siquiera.

Tenía que salir de allí tan rápido como le fuera posible, antes de ponerse a vomitar encima de la mesa del hermano León.

Capítulo 17

—¿**A**damo?

—Tres.

—¿Beauvais?

—Cinco.

El Cacahuete esperaba impaciente a que León acabase de pasar lista. O más bien a que llegara a Jerry Renault. Al igual que todos los demás, el Cacahuete había acabado por enterarse de que Jerry estaba cumpliendo una misión de los Vigils. Ése era el motivo de que se hubiese negado a aceptar el chocolate día tras día y ése era el motivo de que no hubiera querido hablar con el Cacahuete sobre el tema. Ahora Jerry podría volver a ser él mismo, volver a ser humano. Su comportamiento en el campo de fútbol se había visto afectado.

—¿Qué diablos pasa contigo, Renault? —le había preguntado ayer el entrenador con furia—. ¿Por qué no te da la gana de hacer lo que te dicen?

—Estoy haciendo lo que me dicen —le había contestado Jerry.

Y todos captaron el doble sentido de la respuesta porque a esas alturas ya era público. Él y el Cacahuete sólo habían tenido una breve conversación sobre la misión. De hecho, ni siquiera se le podía llamar conversación. Ayer, al salir del entrenamiento, el Cacahuete le había preguntado en voz baja: "¿Cuándo acaba la misión?"

"Mañana tengo que aceptar el chocolate", le había dicho Jerry.

—¿Hartnett?

—Una.

—Seguro que lo puede hacer usted mejor, Hartnett —le había dicho León, pero sin ira, sin siquiera desilusión en la voz.

El hermano León estaba exultante hoy y le había contagiado su estado de ánimo a toda la clase. Así funcionaban las clases de León. Era él quien establecía el estado de ánimo y el clima. Cuando el hermano León estaba contento, todos estaban contentos; cuando estaba deprimido, todos estaban deprimidos.

—¿Johnson?

—Cinco.

—Bien, bien.

Killelea... LeBlanc... Malloran... La lista siguió su marcha, las distintas voces proclamaban cifras de venta y el profesor iba anotando número tras número en su hoja. Los apellidos y las respuestas sonaban casi como una canción: melodía para una clase, pieza para muchas voces. Entonces el hermano León dijo "Parmentier" en voz alta, y surgió la tensión en el ambiente. Parmentier podría haber dicho cualquier número y no hubiese tenido la más mínima importancia. Porque el siguiente era Renault.

—Tres —proclamó Parmentier.

—Bien —respondió el hermano León, anotándolo junto a su apellido. Luego, levantando la vista, exclamó—: ¡Renault!

La pausa. Aquella puñetera pausa.

—¡No!

El Cacahuete se sintió como si en vez de ojos tuviera objetivos de cámara de televisión en uno de esos documentales. Se giró bruscamente hacia Jerry y vio el rostro de su amigo: blanco, con la boca entreabierta, los brazos colgándole a los costados. Entonces se dio la vuelta como un rayo para mirar al hermano León y vio la conmoción dibujada en el rostro del profesor, el óvalo atónito en que se le había convertido la boca. Era casi como si Jerry y el profesor fuesen imágenes especulares.

Finalmente, el hermano León bajó la vista.

—Renault —volvió a decir, con la voz como un latigazo.

—No. No voy a vender chocolate.

Las ciudades cayeron en ruinas. Se abrieron las entrañas de la Tierra. Los planetas se salieron de sus órbitas. Las estrellas se desplomaron del cielo. Y aquel silencio espantoso.

Capítulo 18

—¿*Por qué lo has hecho?*
—No lo sé.
—¿*Es que te has vuelto loco?*
—A lo mejor es eso.
—*Fue una locura.*
—Lo sé, lo sé.
—*Ese "No" saliéndote de la boca... ¿por qué?*
—No lo sé.

Era como un interrogatorio con coacción, sólo que él hacía tanto de interrogador como de sospechoso, tanto de policía duro como de detenido acosado, y no faltaba el foco cruel que lo clavaba en un círculo de luz cegador. Todo ello en su mente, por supuesto, mientras se revolvía en la cama, con la sábana enrollada alrededor del cuerpo, como una mortaja, asfixiándolo.

Se debatió contra la sábana, repentinamente presa del pánico de la claustrofobia, del terror a ser enterrado vivo. Consciente de su mortalidad, se volvió a girar enredado entre la ropa de cama. La almohada cayó golpeando el suelo con un ruido sordo, como un cuerpecillo que aterriza. Pensó en su madre muerta en el féretro. ¿Cuándo llegaba la muerte? Había leído en una revista un artículo sobre trasplantes de corazón. Ni siquiera los médicos eran capaces de ponerse de acuerdo sobre el momento exacto en que se producía la muerte. "Escucha", se dijo, "hoy en día no es posible que entierren a nadie vivo, como pasaba antiguamente, cuando no había fluidos de embalsamamiento y demás. Ahora te sacaban toda la sangre y en su lugar te bombeaban productos químicos y demás. Para asegurarse de que estabas muerto. Pero suponte, sólo es una suposición, que te quedaba una chispita viva en el cerebro, una chispa que aún supiera lo que estaba pasando. Su madre. Él mismo, algún día.

Se levantó de la cama de un salto, aterrado, quitándose la sábana de encima con violencia. Tenía el cuerpo húmedo, rezumando sudor. Se sentó en el borde de la cama entre estremecimientos. Entonces tocó el suelo con los pies y el frío beso del linóleo lo trajo a la realidad. El fantasma de la asfixia se desvaneció. Se abrió paso entre la oscuridad en dirección a la ventana y descorrió la cortina. Sintió el viento, el aire que desperdigaba las hojas de octubre como pájaros mutilados y marcados por la fatalidad.

—*¿Por qué lo has hecho?*

—No lo sé.

Como un disco rayado.

—*¿Fue por lo que el hermano León le hace a la gente, como lo que le hizo a Bailey, por la forma en que los tortura, en que intenta ridiculizarlos delante de todo el mundo?*

—Es más que eso, mucho más.

—*¿Y qué es entonces?*

Dejó que la cortina volviera a su sitio y examinó la habitación, entrecerrando los ojos en la penumbra. Regresó silenciosamente a la cama, temblando a causa de ese frescor que sólo existe en mitad de la noche. Prestó atención a los ruidos nocturnos. Su padre roncaba en la habitación de al lado. Un coche aceleró en la calle. Le encantaría poder pisar el acelerador camino de alguna parte, de cualquier parte. "No voy a vender chocolate". Hostia.

Él, lógicamente, no había planeado nada por el estilo. Se alegraba de haber acabado aquella terrible misión. Se había terminado y la vida volvía a la normalidad. Cada mañana se levantaba temeroso del pase de lista, de la necesidad de darle la cara al hermano León, decir "No" y observar la reacción de León: cómo el profesor intentaba quitarle hierro a la rebelión de Jerry como si no importase, con su patética tentativa de fingir indiferencia...; pero era un fingimiento tan transparente, tan de mentira. Había sido gracioso y terrible al mismo tiempo. Ver cómo León pronunciaba los apellidos, esperar a que pronunciara el suyo y, finalmente, ver cómo al pronunciarlo se incendiaba la atmósfera y él respondía con aquel "No" desafiante. Tal vez el profesor hubiese podido salirse con la suya en su actuación de todos los días, de no ser por los ojos. Los ojos le delataban. El rostro siempre lo tenía bajo control, pero los ojos revelaban su vulnerabilidad, le permitían a Jerry entrever el infierno que ardía en su interior. Aquellos ojos acuosos, el globo blanco y el azul diluido de la pupila, unos ojos que reflejaban todo lo que sucedía en la clase, que a todo reaccionaban. Una vez descubierto que el secreto del hermano León se agazapaba en sus ojos, Jerry se volvió vigilante, un observador de cómo aquellos ojos traicionaban al profesor una y otra vez. Y luego llegó el momento en que Jerry se hartó de todo, en que se hartó de vigilar al profesor y sintió asco de aquel enfrentamiento de voluntades que no era en realidad ningún enfrentamiento porque Jerry no tenía elección.

La crueldad lo ponía enfermo, y la misión, se dio cuenta a los pocos días, era cruel, incluso aunque Archie Costello hubiese insistido en que sólo era una jugarreta de la que todo el mundo se podría reír después. Así que finalmente había aguardado, impaciente, a que la misión tocara a su fin, ansioso de que aquella batalla silenciosa entre el hermano León y él mismo se acabara de una vez. Quería que la vida volviese a la normalidad: el fútbol, incluso los deberes, pero sin aquella carga cotidiana que tanto le pesaba ahora. Se había sentido apartado de los demás, separado por el secreto que le obligaban a llevar consigo. En una o dos ocasiones había sentido la tentación de comentárselo al Cacahuete. De hecho, estuvo a punto de hacerlo una vez, cuando el Cacahuete intentó iniciar una conversación. Sin embargo, se había obligado a aguantar durante las dos semanas, a cumplir, secreto incluido, y acabar con todo el asunto de una vez por todas. Al final de una tarde, después del entrenamiento, se había encontrado con el hermano León en el pasillo y había visto odio relampagueándole en los ojos. Era más que odio, algo enfermizo. Jerry se había sentido mancillado, sucio, como si debiera correr a confesarse y a desnudar el alma. Pero había podido consolarse: cuando acepte el chocolate y el hermano León se dé cuenta de que lo único que hacía era cumplir una misión de los Vigils, todo volverá a ir bien.

¿Y entonces, por qué había contestado que "No" esta mañana? Había querido poner fin a aquel sufrimiento... y de repente aquel terrible "No" le había salido de la boca.

De nuevo en la cama, Jerry yacía inmóvil, intentando recuperar el sueño. Al escuchar los ronquidos de su

Capítulo 19

A la mañana siguiente, Jerry comprendió lo que se debía sentir cuando se tenía una resaca. Los ojos le ardían con un fuego que se cebaba como combustible en su falta de sueño. La cabeza le palpitaba con una sucesión de agudas punzadas. El estómago reaccionaba al más mínimo movimiento y los bandazos del autobús le producían extraños efectos en el cuerpo. Se acordó de cuando era un crío y se mareaba a veces en los viajes a la playa con sus padres, tanto que tenían que parar el coche en el arcén mientras Jerry vomitaba o esperaba a que amainara la tormenta que se le había desatado en el estómago. Aquella mañana, a sus problemas se sumaba la posibilidad de un examen de geografía y anoche no había estudiado nada de nada, de tan absorto que había estado en la venta de chocolate y en lo sucedido en clase de León. Ahora estaba pagando el precio de no haber dormido lo suficiente y no haber estudiado nada. Allí estaba, tratando de leerse una asquerosa lección de geografía en un autobús lento que no paraba de dar bandazos mientras la luz de la mañana le deslumbraba al reflejarse en el papel blanco.

Alguien se deslizó en el asiento de al lado.

—Eh, Renault, tú sí que tienes redaños, ¿lo sabías?

Jerry levantó la vista, cegado por un instante, mientras la mirada pasaba del libro al rostro del chico que le había hablado. Lo conocía vagamente del colegio. Un alumno de penúltimo curso, le parecía. Tras encender un cigarrillo como hacían todos los fumadores a pesar de los carteles de Prohibido Fumar", el chico meneó la cabeza.

—Uuf, le has dado al cabrón de León donde más le duele. Genial.

Al soltar el humo, a Jerry le empezaron a picar los ojos.

—Ah —dijo.

Se sintió estúpido. Y sorprendido. Era gracioso. Durante todo el tiempo había considerado aquella situación una guerra privada entre el hermano León y él mismo, como si estuvieran los dos solos en el mundo. Ahora se daba cuenta de que el asunto había ido mucho más allá.

—Estoy hasta las narices de vender ese asqueroso chocolate —le dijo aquel muchacho.

Tenía un acné terrible, con el rostro como un mapa de relieve. Y los dedos los llevaba manchados de nicotina.

—Llevo dos años en Trinity. Me trasladé de Monument High en primero. Y, la hostia, me estoy empezando a hartar de vender tantas porquerías.

Intentó hacer un aro de humo, pero no le salió bien. Peor aun, el humo acabó yendo a parar a la cara de Jerry, picándole en los ojos.

—Cuando no es el chocolate, son las tarjetas de Navidad. Y cuando no son las tarjetas de Navidad, es jabón. Y, cuando no es jabón, son calendarios. ¿Pero sabes una cosa?

—¿Qué? —preguntó Jerry, impaciente por volver a la geografía.

—Nunca había pensado en decir simplemente que

no. Como has hecho tú.

—Tengo que estudiar —dijo Jerry, que en realidad no sabía qué decir.

—Uuf, eres todo un tipo, ¿lo sabías? —dijo el muchacho con admiración.

Jerry se ruborizó de placer a pesar de sí mismo. ¿A quién no le gustaba que lo admirasen? Y, sin embargo, se sentía culpable, sabedor de que aceptaba una admiración basada en supuestos falsos, que no tenía nada de tipo duro, ni un poquito siquiera. La cabeza era un puro martilleo, el estómago se le revolvía amenazador y se dio cuenta de que aquella mañana tendría que volver a enfrentarse al hermano León y al pase de lista. Y todas las mañanas a partir de entonces.

El Cacahuete lo estaba esperando en la entrada del colegio, tenso y preocupado, parado en medio de los otros alumnos, a la espera del inicio de las clases, como prisioneros que aguardan resignados su ejecución y dan las últimas caladas antes de que suene la señal. El Cacahuete se llevó a Jerry aparte, que le siguió, sintiéndose culpable. Se dio cuenta de que el Cacahuete no era el muchacho alegre y despreocupado que había conocido cuando empezó la escuela. ¿Qué había pasado? Había estado tan absorto en sus propios problemas que no había pensado en el Cacahuete.

—Uuf, Jerry, ¿por qué lo has hecho? —le preguntó el Cacahuete, al tiempo que lo apartaba de los demás.

—¿Por qué he hecho qué?

Pero sabía a qué se refería.

—Lo del chocolate.

—No lo sé.

No tenía sentido andar engañando al Cacahuete como había engañado al tío del autobús.

—Es verdad, no lo sé.

—Estás buscándote problemas, Jerry. El hermano León te va a perseguir.

—Escucha, Cacahuete —dijo Jerry, intentando tranquilizar a su amigo, tratando de borrarle aquella mirada de preocupación que tenía marcada en el rostro—, no es el fin del mundo. Hay cuatrocientos tíos en esta escuela que van a vender chocolate. ¿Qué importa si yo no lo hago?

—No es tan fácil, Jerry. El hermano León no te va a dejar que te salgas con la tuya.

Sonó el timbre. Los cigarrillos volaron hacia las alcantarillas o acabaron aplastados en los recipientes llenos de arena que estaban junto a la puerta. Las últimas caladas se inhalaron con fruición. Los que se habían quedado en los coches escuchando rock por la radio, la apagaron y salieron dando un portazo.

—Muy bien, tío —le dijo alguien, pasando rápidamente a su lado y propinándole la palmada en el trasero, el gesto tradicional de amistad en Trinity.

Jerry no vio quién había sido.

—Dale duro, Jerry.

Esta vez había sido un susurro disimulado de Adamo, que odiaba a León con toda el alma.

—¿Te das cuenta de cómo se está corriendo la voz? —le siseó el Cacahuete—. ¿Qué es más importante: el fútbol y las notas o ese asqueroso chocolate?

Volvió a sonar el timbre. Dos minutos para llegar a

los armarios y después a la clase.

Uno de los de último curso que se llamaba Benson se les estaba acercando. Los mayores sólo les traían problemas a los de primero. Era mejor que no te hicieran caso a que se fijasen en ti. Pero Benson se dirigía claramente hacia ellos. Estaba loco como una cabra, uno de esos tipos famosos por su falta de inhibiciones, por su absoluto desprecio de las reglas.

Al llegar frente a Jerry y el Cacahuete empezó a hacer una imitación de un gángster a lo James Cagney, subiéndose los puños de la camisa y encogiendo los hombros.

—Eh, tú, pequeño. Yo no... A mí no me gustaría estar en tus zapatos... No me gustaría estar en tus zapatos ni por mil, pequeño, ni por un millón de pelas... —y le dio a Jerry con el puño un golpe amistoso en el brazo.

—¡No cabrías en sus zapatos aunque quisieras, Benson! —chilló alguien.

Y Benson se alejó entre pasos de baile, haciendo ahora de Sammy Davis, con una sonrisa todo dientes, los zapatos taconeando y el cuerpo girando como una peonza.

—Hazme un favor, Jerry. Acepta hoy el chocolate —le dijo el Cacahuete mientras subían las escaleras.

—No puedo.

—¿Por qué no?

—Es que no puedo. Ahora ya me he comprometido.

—Es por los cabrones de los Vigils —dijo el Cacahuete.

Jerry nunca le había oído decir tacos al Cacahuete. Siempre había sido un muchacho pacífico, de los que dejan pasar los golpes, relajado y sin preocupaciones, corriéndose la pista entera mientras los demás se quedaban sentados y hechos polvo durante los entrenamientos.

—No son los Vigils. Ya no tienen nada que ver. Soy yo.

Se detuvieron ante el armario de Jerry.

—Vale —dijo el Cacahuete con resignación, consciente de que no servía de nada insistir en el tema por el momento.

Jerry sintió de repente tristeza por lo preocupado que parecía el Cacahuete, como un viejo cargado con todos los pesares del mundo, con aquel rostro chupado y ojeroso, como si se hubiera despertado tras una pesadilla que era incapaz de olvidar.

Jerry abrió su armario. El primer día de colegio había clavado con chinchetas un póster en la pared del fondo. En él se podía ver una gran extensión de playa y un cielo profundo que mostraba una estrella solitaria titilando a lo lejos. Por la playa caminaba un hombre, una figura pequeña y solitaria en medio de aquella inmensidad. En la parte inferior del póster aparecía la siguiente leyenda: "¿Acaso me atrevo yo a turbar el universo?" Era de T. S. Eliot, el autor de *Tierra baldía*, poema que estaban estudiando en la clase de literatura. Jerry no estaba seguro de lo que quería decir el póster. Pero se había sentido conmovido de una forma extraña. Según dictaba la tradición de Trinity, todo el mundo decoraba el interior de su armario con un póster. Jerry había elegido aquél.

Pero ya no le quedaba tiempo para pararse a pensar en el póster. Sonó el último timbre y le quedaban treinta segundos para entrar a clase.

❖❖❖

—¿Adamo?

—Dos.

—¿Beauvais?

—Tres.

El pase de lista era distinto esta mañana. Había un cambio de melodía, un cambio de ritmo, como si el hermano León fuese el director y la clase los miembros de un coro, aunque había algo que no estaba bien en el compás, algo que no estaba bien en todo el ceremonial, como si los miembros del coro fueran los que marcaran el tiempo y no el director. Nada más pronunciar un apellido, la respuesta surgia de inmediato, antes de que el hermano León tuviese tiempo de hacer su anotación en el cuaderno de cuentas. Era el tipo de juego espontáneo que surgía en las clases sin premeditación, cuando todo el mundo se unía en una conspiración repentina. La rapidez de las respuestas mantenía al hermano León concentrado en la mesa, con la cabeza inclinada y el lápiz garabateando sin parar. Jerry se alegraba de no tener que mirar al interior de aquellos ojos acuosos.

—¿LeBlanc?

—Una.

—¿Malloran?

—Dos.

Los apellidos y las cifras chisporroteaban en el aire y Jerry comenzó a darse cuenta de que había algo extraño. Todos aquellos unos y doses y algún que otro tres. Pero ningún cinco, ningún diez. Y el hermano León seguía con la cabeza inclinada, concentrado en su cuaderno. Finalmente...

—Renault.

En realidad resultaría tan sencillo gritar "Sí". Decir "deme el chocolate que tengo que vender, hermano León". Resultaría tan sencillo ser como los demás, no tener que enfrentarse a aquellos ojos terribles cada mañana. El hermano León acabó por levantar la vista. El ritmo del pase de lista se había roto.

—No —dijo Jerry.

Se sintió abrumado de tristeza, una tristeza honda y penetrante, que lo dejó con una sensación tan desoladora como la de quien naufraga y es arrastrado por las olas a una playa, un superviviente solo en un mundo lleno de extraños.

Capítulo 20

—En este período de la historia el hombre comenzó a saber más de su medio ambiente...

De repente fue el caos. La clase estalló en una agitación frenética. El hermano Jacques se quedó pasmado. Los alumnos se levantaron de un salto, ejecutaron una danza disparatada saltando de un lado a otro, como al ritmo de una música inaudible y siempre en silencio –aunque el ruido de los pies al brincar era más que escandaloso—, y luego se volvieron a sentar, con máscaras por rostros, como si no hubiera pasado nada.

Obie observó al profesor con amargura. El hermano Jacques estaba obviamente perplejo. ¿Perplejo? ¡Con un demonio! ¡Pero si estaba al borde del pánico! Aquel ritual llevaba celebrándose ya una semana y seguiría hasta que dejasen de oír la contraseña. Mientras tanto, la clase seguiría entrando en confusa erupción de brazos que se agitan y piernas que brincan, desquiciando al pobre hermano. Por supuesto, el hermano Jacques se desquiciaba con facilidad. Era nuevo, joven y sensible: carne de cañón para Archie. También resultaba evidente que no sabía qué hacer; así que no hacía nada, probablemente imaginando que el asunto acabaría agotándose por sí mismo y para qué arriesgarse a un enfrentamiento inútil cuando sin duda se trataba de una travesura sin importancia. ¿Qué otra cosa podría ser? Era curioso, pensó Obie, que todo el mundo supiera —tanto los alumnos como los profesores— que aquellas jugarretas las planeaban o las ejecutaban los Vigils, y que, sin embargo, conservasen aquel aire misterioso, negándose totalmente a reconocer el hecho. Le hubiera gustado saber por qué. Obie se había metido en tantas misiones de los Vigils que había perdido la cuenta; y, sin embargo, cada vez seguía asombrándole que siempre se salieran con la suya. De hecho, había empezado a cansarse de las misiones, de jugar a ser la niñera de Archie, además de su guardaespaldas. Estaba harto de ser el que lo arreglaba todo, el que se aseguraba de que la misión se cumpliera a rajatabla para preservar la reputación de pez gordo que tenía Archie. Como con la misión del aula diecinueve, cuando tuvo que colarse a rastras para ayudar a aquel crío, el Cacahuete, a desguazarla. Y todo el esfuerzo para que Archie y los Vigils quedaran bien. También esta misión lo involucraba a él. Si el hermano Jacques dejaba de decir la sontraseña, entonces Obie tenía que encontrar el modo de que le viniera a la mente.

La contraseña era "medio ambiente". Como había dicho Archie cuando anunció la misión:

—En el mundo actual existe una gran preocupación por la ecología, el medio ambiente y nuestros recursos naturales. En Trinity deberíamos comprometernos como el que más en todo este rollo ambiental. Así que, tíos, vais a ser vosotros —afirmó, señalando a los catroce alumnos de último curso, sección II, al que pertenecía Obie— los que llevéis a cabo nuestra campaña ambiental. ¿Y por qué no en la clase de historia de Estados Unidos del hermano Jacques...? La historia debe ocuparse del medio ambiente, ¿no? Bien, pues cada vez que el hermano Jacques diga "medio ambiente", esto es lo que va a pasar... —y Archie les detalló las instrucciones.

—¿Y qué pasa si no lo dice? —preguntó alguien.

—Bah, el hermano Jacques lo dirá —dijo Archie mirando a Obie—. Estoy seguro de que alguien, tal vez Obie, hará alguna pregunta para que lo diga, ¿verdad, Obie?

Obie había asentido, disimulando su fastidio. ¿A santo de qué se le ocurría a Archie meterlo en una misión a aquellas alturas? ¡Si era uno de los mayores! Era secretario de los condenados Vigils. Sí, señor, de los Vigils ni más ni menos. Cada día odiaba más a aquel cabronazo de Archie.

—¿Y qué pasa cuando el hermano Jacques se dé cuenta de que se la estamos jugando, cuando se dé cuenta de que la clave es "medio ambiente"? —preguntó entonces un alumno nuevo trasladado de Monument High.

—Entonces dejará de utilizarla —dijo Archie—. Que éste es el objetivo de todo esto. Estoy empezando a estar hasta las narices de todas estas chorradas medioambientales... y así en este asqueroso colegio tendremos por lo menos un profesor que la habrá tachado de su vocabulario.

Lo que era Obie, empezaba a estar harto de Archie, de ir detrás de él dejándolo todo bien ordenatido, de cumplir aquellas pequeñas misiones, como la del aula diecinueve o la de provocar al hermano Jacques con preguntas que sólo pudieran dar lugar a una respuesta con la expresión "medio ambiente". O sea, que estaba empezando a hartarse de todo. Y también estaba aguardando su ocasión, esperando a que a Archie le fallasen los cálculos, a que cometiera un error. La caja negra siempre estaría allí, ¿y quién sabe cuándo se le acabaría la suerte a Archie?

—Los problemas del medio ambiente...

Allá vamos otra vez, pensó Obie asqueado al descubrirse saltando como un loco, dejándose el alma en actividad frenética y odiando cada segundo de aquella gilipollez. Y cada vez estaba más cansado.

El hermano Jacques utilizó la expresión "medio ambiente" cinco veces más durante el cuarto de hora siguiente. Obie y los demás acabaron medio muertos de tanto saltar. Se quedaron agotados, sin aliento, con dolor en las piernas.

Cuando el hermano Jacques lo dijo por sexta vez y una exhausta tropa de estudiantes se levantó como pudo para ejecutar su tarea, Obie descubrió una sonrisita que se esbozaba en los labios del profesor. Y supo inmediatamente lo que había sucedido. El muy cabrón de Archie debía de haber informado al hermano Jacques, de manera anónima, claro, sobre lo que estaba pasando. Y el profesor le había dado la vuelta a la tortilla. Era él ahora quien tenía la sartén por el mango, obligándoles a todos a saltar de arriba abajo hasta casi matarlos de agotamiento.

Cuando salieron de clase, encontraron a Archie apoyado contra la pared y con aquella sonrisa burlona de triunfo en el rostro. Los demás no se dieron cuenta de lo sucedido. Pero Obie sí. Le lanzó a Archie una mirada que hubiese hecho añicos a cualquiera, pero Archie se limitó a conservar aquella sonrisa estúpida.

Obie se alejó con paso airado, ofendido, dolido. "Cabrón", pensó, "ésta me la vas a pagar".

Capítulo 21

Kevin Chartier había visitado siete casas después del colegio y no había vendido ni una sola caja. La señora Connors, la que vivía junto a la tintorería, le había dicho que volviera a final de mes, cuando recibiera su pensión, pero no tuvo presencia de ánimo para decirle que para entonces sería seguramente demasiado tarde. Durante la mitad del camino de vuelta a casa lo estuvo persiguiendo un perro. Era igual que uno de aquellos perros terribles que utilizaban los nazis en las viejas películas de televisión para cazar a los prisioneros fugados de los campos de concentración. Ya en su casa, asqueado, llamó a su mejor amigo, Danny Arcangelo.

—¿Qué tal te ha ido, Danny? —preguntó Kevin, tratando de ignorar a su madre, que se había quedado junto al teléfono haciendo ruido.

Hacía ya mucho que Kevin había aprendido a traducir todo lo que le decía su madre a sonidos ininteligibles. Aunque se tirase un año hablando hasta quedarse afónica, las palabras que le llegarían a Kevin seguirían sin querer decir absolutamente nada. Era toda una técnica.

—Fatal —gimoteó Danny. Siempre sonaba como si le hiciera falta sonarse los mocos—. He vendido una caja... a mi tía.

—¿La que tiene diabetes?

Danny soltó una carcajada estruendosa. Una de las

mejores cosas de Danny era que se podía hablar con él. Pero no con la madre de Kevin. Aún estaba allí, dale que dale. Kevin sabía lo que se le había metido en la mollera. Nunca quería que comiese mientras hablaba por teléfono. Su madre no se daba cuenta de que comer no era algo que se hiciera *por separado*. Uno comía al mismo tiempo que se ocupaba de cualquier otra cosa que estuviese haciendo en ese momento. Claro que se podía comer mientras se hacía otra cosa. Bueno, casi cualquier cosa. "No es de buena educación hablar por teléfono con la boca llena", le decía una y otra vez. Pero en aquel preciso instante, Danny *también* tenía la boca llena al otro extremo de la línea. ¿Así que quién estaba siendo deseducado con quién? ¿O era maleducado? A tomar por saco.

—Creo que a lo mejor va a resultar que ese Renault ha dado en el clavo —dijo Kevin, con la boca pastosa de un bocadillo de mantequilla de cacahuete que, ojalá fuese capaz de explicárselo a su madre, le daba a sus palabras más resonancia, como si fuera el locutor de un programa de rock.

—¿Ése de primero que se lo está poniendo difícil al hermano León?

—Sí. Cogió y así sin más dijo que no pensaba vender esa porquería.

—Creía que era cosa de los Vigils —dijo Danny con voz vacilante.

—Y *lo era* —dijo Kevin, al tiempo que le lanzaba una mirada triunfante y maliciosa a su madre, que se dio por vencida y se marchó a la cocina—. Pero ahora las cosas han cambiado —y pensó si no estaría hablando de más—. Se suponía que debía aceptar el chocolate hace un par de días. La misión se había acabado. Pero siguió negándose a aceptarlos.

Kevin oía a Danny masticando como un poseso.

—Oye, ¿y tú qué estás comiendo? Suena delicioso.

Danny volvió a soltar una carcajada estruendosa.

—Chocolate. Me he comprado una caja para mí. Es lo menos que podía hacer por la buena de Trinity.

Entre ambos se produjo un silencio embarazoso. Kevin estaba en la lista de espera para entrar en los Vigils al año siguiente, cuando empezara el penúltimo curso. No había manera de saberlo con seguridad, lógicamente, pero le habían llegado algunas insinuaciones. Danny, su mejor amigo, conocía esa posibilidad y también sabía que en todo lo concerniente a los Vigils existía cierta reserva que había que mantener. Lo normal era que evitasen hablar de los Vigils, aunque Kevin poseía con frecuencia información de primera mano sobre las misiones y demás, misterios que solía comunicar a Danny con cuentagotas porque le era difícil no poder alardear un poco. Sin embargo, siempre temía que Danny se pudiese ir de la lengua en cuanto a los Vigils con alguien, aunque fuera de forma absolutamente accidental, y se fuese a hacer puñetas todo el asunto. Ése era el punto al que habían llegado ahora en su conversación.

—¿Y qué va a pasar ahora? —preguntó Danny, aún inseguro sobre si debía o no meter las narices, pero con una curiosidad que prestaba alas a su osadía.

—No lo sé —dijo Kevin con franqueza—. A lo mejor los Vigils hacen algo y a lo mejor no les importa un pito. Pero sí te puedo decir una cosa.

—¿Qué?

—Me estoy empezando a hartar de tanto vender. Vaya, pero si mi padre a empezando a llamarme "mi hijo, el vendedor".

Danny volvió a soltar una risotada. Kevin era un imitador de voces de primera.

—Sí, te entiendo muy bien. Yo también me estoy cansando de toda esta porquería de ventas. Ese crío probablemente ha dado en el clavo.

Kevin se mostró de acuerdo.

—Dejaría de vender por menos de un centavo —dijo Danny.

—¿Tan mal vas de dinero? —le dijo Kevin, todo en broma, por supuesto, pero pensando en lo genial (increíblemente genial) que sería no tener que vender nada nunca más.

Levantó la vista para descubrir a su madre que volvía a la carga con la boca en movimiento y emitiendo sonidos. Suspiró y la desconectó, como quien quita el volumen pero no la imagen de la televisión.

—¿Sabes una cosa? —preguntó Howie Anderson.

—¿Qué? —contestó Richy Rondell con pereza y aire soñador. Estaba contemplando a una chica que se les acercaba. Increíble. El jersey apretado y vaqueros ajustados de arriba abajo. La hostia.

—Me parece que ese crío, Renault, tiene razón en lo del chocolate —dijo Howie.

Él también había visto a la chica avanzando por la acera frente a la farmacia de Crane. Pero no le había hecho perder el hilo. Lo de mirar a las chicas y devorarlas con los ojos —violación visual— era algo que uno hacía automáticamente.

—Yo tampoco voy a seguir vendiendo.

La chica se detuvo a mirar los periódicos de un expositor metálico que estaba en la calle junto a la tienda. Richy la miró fijamente con melancólica lujuria. De repente, se dio cuenta de lo que había dicho Howie.

—¿Que no vas a seguir?—le preguntó.

Sin apartar la vista de la chica (ahora le daba la espalda y se estaba regodeando en aquellos vaqueros redondeados), reflexionó sobre el significado de lo que había dicho Howie, percibiendo la importancia de aquel momento. Howie Anderson no era simplemente un alumno más de Trinity. Era el delegado del penúltimo curso, un tío poco habitual. Notas de primera y defensa del equipo de fútbol titular. Además, era capaz de plantarle cara a cualquiera en el cuadrilátero y estuvo a punto de dejar fuera de combate a aquel monstruo de Carter en el campeonato escolar del año pasado. Era de los que levantaban la mano como un rayo en clase para indicar que sabía la respuesta de una pregunta difícil. Pero esa misma mano podía salir disparada y tumbarte si intentabas tocarle las narices. Un macarra intelectual, tal como lo había llamado un profesor hacía tiempo. Que un enano, un don nadie como Renault no vendiera chocolate, eso no quería decir nada. Pero Howie Anderson... Eso era otro cantar.

—Es una cuestión de principios —continuó diciendo Howie.

Richy se introdujo bruscamente la mano en el bolsillo, agarrándose descaradamente. El impulso era irresistible cada vez que se excitaba, ya fuese con una chica o con cualquier otra cosa.

—¿Qué principios, Howie?

—Lo que quiero decir es esto —dijo Howie—. Estamos pagando por ir a Trinity, ¿verdad? Sí. Maldita sea, pero si yo ni siquiera soy católico, y hay un montón de tíos que tampoco lo son; pero nos cuentan la película de que Trinity es la mejor escuela de enseñanza media para entrar en la universidad que uno pueda encontrar por estos pagos. Hay una vitrina llena de trofeos en la sala de actos: oratoria, fútbol, boxeo. ¿Y qué hacen? Nos nombran vendedores. Tengo que oír todo el rollo religioso e incluso asistir a la iglesia. Y, por si fuera poco, ponerme a vender chocolate —escupió y una hermosa lluvia de partículas fue a dar contra un buzón, desde donde se deslizó hacia abajo como una lágrima—. Y ahora va y aparece uno de primero. Un crío. Y dice que no. Nada más dice: "No voy a vender chocolate". Sencillo. Genial. Algo que nunca se me había ocurrido a mí antes: simplemente dejar de vender.

Richy se quedó mirando cómo se desvanecía la chica.

—Estoy de acuerdo, Howie. A partir de ahora, se acabó la venta de chocolate.

La chica ya estaba casi fuera del ángulo de mira, tapada por otros transeúntes.

—¿Lo quieres hacer oficial? Quiero decir que si vas a convocar una reunión de clase.

Howie reflexionó antes de contestar.

—No, Richy. Estamos en la época en la que cada uno hace lo que debe hacer. Que cada uno haga lo que crea más conveniente. Si alguien quiere vender, que venda.

salida". A Obie le encantaba el misterio. También sabía que Archie no tragaba el gimnasio y sin embargo le había pedido que se vieran allí. "Ay, Obie, cómo me debes de odiar", pensó Archie, impasible ante la idea. Era bueno que la gente te odiase: te obligaba a aguzar el ingenio. Y luego, cuando se la clavabas, como él hacía constantemente con Obie, te sentías justificado y no tenías que preocuparte por tu conciencia.

Pero en aquel preciso instante estaba empezando a enfadarse con Obie. ¿Dónde demonios se había metido? Sentado en una de las gradas, Archie percibió una súbita e inesperada sensación de paz en el gimnasio desierto. Sus momentos de paz eran cada vez menos frecuentes. Los Vigils..., aquellas misiones, la presión constante. Tenía misiones pendientes y todo el mundo estaba esperando a ver con qué salía ahora Archie. Y Archie se sentía hueco y vacío a veces, sin ideas, ni buenas ni malas. Y las notas, tan asquerosas. Estaba seguro que no aprobaría literatura y lengua, por la sencilla razón de que en esa asignatura se trataba más que nada de leer, y él ya no tenía tiempo para pasarse cuatro o cinco horas todas las tardes leyendo chorradas. Vamos, si es que entre los Vigils y la preocupación de las notas ya no parecía quedarle tiempo para sí mismo, ni siquiera para las chicas; ya no le quedaba tiempo para irse a dar una vuelta por Miss Jerome's, el colegio de chicas que estaba al otro extremo de la ciudad, donde cuando la escuela daba el día libre uno podía devorar con los ojos alguno que otro monumento a la voluptuosidad y, normalmente, convencer a alguna para que aceptara un viaje a casa en coche. Con rodeos. Y, en vez de eso, aquí estaba todos los días, atareado con misiones y deberes escolares, haciendo malabarismos para cumplir con todo y recibiendo encima estúpidas notitas de Obie. "Nos vemos en el gimnasio..."

Finalmente, Obie hizo su entrada. No se limitó a entrar y ya está. Tenía que montar el número. Tenía que mirar a hurtadillas desde el lateral de la puerta y olfatear el aire y actuar como si todo el mundo estuviera pendiente de su llegada; la hostia.

—Eh, Obie, estoy aquí —lo llamó Archie con brusquedad.

—Hola, Archie —dijo Obie.

Los tacones de cuero de sus zapatos resonaron contra el suelo del gimnasio. Uno de los reglamentos de la escuela obligaba a llevar zapatillas de deporte en el gimnasio, pero nadie hacía el más mínimo caso a menos que hubiese un hermano rondando por allí.

—¿Qué quieres? —preguntó Archie, yendo al grano sin preámbulo alguno y con una voz neutra y seca como el Sáhara.

El hecho de haberse presentado a la cita había sido una admisión de curiosidad. Archie no quería que el asunto fuese más allá mostrándose demasiado ansioso por ver a Obie y por oír lo que tuviera que decirle.

—No me sobra el tiempo. Hay asuntos importantes que aún tengo pendientes.

—Esto también es importante —contestó Obie.

Obie tenía un rostro fino y anguloso que presentaba una expresión de eterna inquietud. Ésa era la razón de que su papel de comparsa, de chico de los recados fuese tan evidente. Era la clase de tío al que uno no podía evitar machacar cuando estaba contra las cuerdas. Y también se podía estar seguro de una cosa: que luego se volvería a levantar y juraría vengarse, pero que nunca tendría ni los redaños ni la habilidad para hacerlo.

—¿Te acuerdas de ese crío, Renault? ¿El de la misión del chocolate?

—¿Qué le pasa?

—Que sigue sin vender chocolate.

—¿Y qué?

—¿Y qué...? ¿No te acuerdas? Las órdenes eran que no lo vendiera durante diez días escolares. Vale. Así que han pasado los diez días uno tras otro y él sigue diciendo que no.

—¿Y qué?

Aquello era lo que más enfurecía a Obie, la forma en que Archie siempre intentaba por todos los medios no parecer impresionado, hacerse siempre el duro. Uno le podía decir que iban a tirar la bomba atómica y él probablemente te contestaría: "¿Y qué?" A Obie lo desquiciaba sobre todo porque sospechaba que era pura pose, que Archie no era un tipo tan duro como aparentaba. Y Obie estaba aguardando una oportunidad para descubrirlo.

—Bueno, pues que circulan todo tipo de rumores por la escuela. Para empezar, hay un montón de tíos que piensan que los Vigils están metidos en el asunto, que Renault sigue sin vender chocolate porque sigue cumpliendo una misión. Luego hay algunos que saben que la misión se ha acabado y que creen que Renault está montando una especie de rebelión contra la venta. Según cuentan, esto saca de sus casillas todos los días al hermano León...

—Genial —dijo Archie, reaccionando por fin a las noticias de Obie.

—Cada mañana León pasa lista y cada mañana ese tío, un enano de primero, se queda ahí sentado y se niega a vender el chocolate.

—Genial.

—Qué original.

—Sigue —dijo Archie, ignorando el sarcasmo de Obie.

—Bueno, pues según parece, la venta se está yendo a tomar por saco. A nadie le ha gustado nunca vender chocolate y ahora se ha convertido en una especie de farsa en algunas clases.

Obie se sentó en la grada junto a Archie, haciendo una pausa para que sus noticias tuvieran todo su efecto.

Archie olfateó el aire y dijo:

—Este gimnasio apesta.

Trataba de fingir indiferencia hacia lo que le decía Obie, pero la cabeza se le había puesto a trabajar a todo tren, calculando posibilidades.

—Los lacayos, los pelotas —soltó ahora Obie de golpe— están vendiendo chocolate como locos. También los secuaces de León, sus chicos del alma. Y los tíos que siguen creyendo en el espíritu de la escuela —suspiró—. Vamos, que se está armando una buena.

Archie estaba absorto contemplando el extremo del gimnasio, como si estuviera sucediendo algo interesante en aquella parte. Obie siguió su mirada. Nada.

—Bueno, ¿qué te parece, Archie? —preguntó.

—¿Cómo que qué me parece?

—La situación. Renault. El hermano León. El chocolate. La división de la escuela...

—Veremos. Ya veremos —dijo Archie—. No sé si los Vigils deberían o no meterse —y bostezó.

Aquel bostezo de pose irritó a Obie.

—Eh, escucha, Archie. Los Vigils ya están metidos, lo sepas o no.

—¿Qué quieres decir?

—Escucha, fuiste tú el que le dijiste a ese tío que se negase a aceptar el chocolate al principio. Fue eso lo que echó a rodar la bola. Pero el crío ha ido más allá. Se suponía que empezaría a vender cuando se acabase la misión. Así que ahora está desafiando a los Vigils. Y hay un montón de tíos que lo saben. Estamos metidos, Archie, nos guste o no.

Obie se dio cuenta de que había dado en el blanco. Vio un relámpago en los ojos de Archie, como si hubiera estado mirando una ventana vacía y de repente hubiese visto asomarse un fantasma.

—Nadie desafía a los Vigils, Obie...

—Eso es lo que está haciendo Renault.

— ...y se está saliendo con la suya.

Archie volvió a adoptar su aire de ensoñación y dejó caer el labio inferior.

—Esto es lo que vamos a hacer. Cita a Renault para que se presente ante los Vigils. Y entérate de cómo va la venta: descubre los totales, datos y números.

—Vale —dijo Obie, al tiempo que escribía en su cuaderno.

Con todo lo que odiaba a Archie, le encantaba verlo meterse en faena. Obie decidió añadir más leña al fuego.

—Y otra cosa, Archie. ¿No le prometieron los Vigils a León hace tiempo que lo apoyarían en la venta del chocolate?

Obie había vuelto a dar en el blanco. Archie se giró

para mirarlo, con la sorpresa marcada en el rostro. Pero se recuperó rápidamente.

—Deja que me ocupe yo de León. Tú limítate a hacer los recados, Obie.

Cómo odiaba Obie a aquel hijo de puta. Cerró violentamente el cuaderno y dejó a Archie allí sentado, en medio de la atmósfera contaminada del gimnasio.

Capítulo 22

Brian Cochran no podía creer lo que veía. Revisó los totales, los comprobó dos veces, asegurándose de que no había metido la pata. Con el ceño fruncido, mordisqueando el lápiz, reflexionó sobre el resultado de sus cuentas: las ventas estaban cayendo a un ritmo alarmante. Llevaban ya una semana bajando sin parar. Pero ayer se había producido la mayor caída de todas.

¿Qué diría el hermano León? Ésa era la principal preocupación de Brian. Odiaba su cargo de tesorero por lo aburrido que era, pero sobre todo porque le obligaba a estar en contacto personal con el hermano León. Y León le ponía a Brian la carne de gallina. Era un profesor impredecible, malhumorado. Nunca se daba por satisfecho. Todo eran quejas y más quejas. "Sus sietes parecen nueves, Cochran" o "Ha escrito usted mal el apellido de Morris; la segunda letra es una *i* y no una *o, Cochran*".

Brian había tenido suerte últimamente. El hermano León había dejado de comprobar las cuentas todos los días, casi como si se imaginara las malas noticias que traían consigo las cifras y quisiese evitar enterarse del todo. Hoy, sin embargo, era el Día D. Le había dicho a Brian que preparase los totales. Ahora estaba esperando a que apareciese por allí. En cuanto viese las cifras, se iba a poner de los nervios. Brian se estremeció, ¡se estremeció de verdad! Había leído que antiguamente mataban al mensajero cuando era portador de malas noticias. Tenía el presentimiento de que el hermano

León era de ésos, que necesitaría un chivo expiatorio y Brian iba a ser lo que tendría más a mano. Suspiró, harto de todo. Con el hermoso día de octubre que hacía, ojalá estuviese ahí fuera, pisando el acelerador del viejo Chevrolet que le había comprado su padre cuando empezaron las clases. Adoraba aquel coche. "Mi Chevy y yo", solía tararear Brian al ritmo de una canción que había oído en la radio.

—Y bien, Brian.

El hermano León era especialista en aparecer a hurtadillas y por sorpresa. Brian dio un salto y casi adopta la posición de firme. Con eso bastaba para hacerse uno una idea del efecto fatal que obraba en él aquel profesor.

—Sí, hermano León.

—Siéntese, siéntese—dijo León, que ocupó su propio asiento detrás de la mesa.

León estaba sudando, como de costumbre. Se había quitado la chaqueta negra y tenía la camisa manchada de humedad en las axilas. Brian percibió un tenue olor a transpiración.

—Los totales son malos —dijo Brian.

Fue directo al grano porque quería acabar cuanto antes, porque sentía deseos de perder de vista el colegio, aquel despacho, la asfixiante presencia de León. Y, sin embargo, al mismo tiempo sentía una punzada victoriosa. León era una rata de pies a cabeza, así que no le vendría mal una ración de malas noticias para variar.

—¿Malos?

—Las ventas han bajado. Por debajo de las del año pasado. Y el año pasado la cuota era la mitad de lo que hay que vender este año.

—Lo sé, lo sé —dijo León bruscamente, haciendo girar la silla para apartarse de Brian, como si fuese tan poco importante que no valiera la pena hablarle directamente—. ¿Está usted seguro de las cuentas? ¿No es usted precisamente un genio en lo que a sumas y restas se refiere, Cochran?

Brian se puso rojo de ira. Estuvo tentado a tirarle el original a la cara, pero se contuvo. Nadie desafiaba al hermano León. O, por lo menos, no Brian Cochran, que lo único que quería era salir de allí.

—Lo he comprobado todo dos veces—le contestó, controlando la voz.

Silencio.

El suelo vibraba bajo los pies de Brian. Sería el club de boxeo entrenándose en el gimnasio probablemante, haciendo calistenia o lo que fuera que hiciesen los boxeadores.

—Cochran. Lea los apellidos de los chicos que han alcanzado o superado la cuota.

Brian tomó las listas. Era fácil porque el hermano León insistía en que se llevaran todo tipo de listas detalladas para poder saber a primera vista exactamente cómo lo estaba haciendo cada estudiante.

—Sulkey, sesenta y dos. Maronia, cincuenta y ocho. LeBlanc, cincuenta y dos...

—Más despacio, más despacio —dijo el hermano León, siempre sin mirar a Brian—. Vuelva a empezar desde el principio y vaya más despacio.

El asunto resultaba siniestro, pero Brian volvió a empezar, vocalizando los apellidos con claridad y haciendo una pausa entre ellos y las cifras.

—Sulkey... sesenta y dos... Maronia... cincuenta y

ocho... LeBlanc... cincuenta y dos... Caroni... cincuenta...

El hermano León asentía con la cabeza, como si escuchara una maravillosa sinfonía, como si el aire estuviese lleno de sonidos encantadores.

—Fontaine... cincuenta... —y Brian hizo una nueva pausa—. Ésos son los únicos que o han cumplido con su cuota o la han superado, hermano León.

—Lea a los demás. Hay muchos alumnos que han vendido más de cuarenta. Lea sus apellidos... el rostro siempre oculto, el cuerpo hundido en la silla.

Brian se encogió de hombros y continuó pronunciando apellidos en una especie de cantinela, midiendo las pausas, dejando que la voz se alargara en apellidos y cifras, haciendo de todo el asunto una extraña letanía en medio de aquella oficina en silencio. Cuando se acabaron las ventas de más de cuarenta, siguió con las que superaban la treintena, y el hermano León no le dijo que parara.

—...Sullivan... treinta y tres... Charlton... treinta y dos... Kelly... treinta y dos... Ambrose... treinta y una...

De vez en cuando, Brian levantaba la vista y veía el cabeceo del hermano León, como si se estuviera comunicando con un ser invisible o tan sólo consigo mismo. Mientras tanto, el recital prosiguió su marcha, de la treintena a la veintena.

Adelantando la vista a la voz, Brian se dio cuenta de que iba a tener problemas. Una vez concluidas la veintena y la decena, el salto era grande. Se preguntó cómo reaccionaría el hermano León ante las cifras más pequeñas. Brian empezó a sentirse acalorado y su voz a volverse ronca. Necesitaba un sorbo de agua, no sólo para aliviar la sequedad que sentía en la garganta, sino para relajar la tensión de los músculos del cuello.

—...Antonelli... quince... Lombard... trece... —y se aclaró la garganta, rompiendo el ritmo, interrumpiendo el flujo de su informe. Respiró profundamente, y luego—: Cartier... seis —le lanzó una rápida mirada al hermano León, pero no se había movido. Tenía las manos entrelazadas, apoyadas en el regazo—. Cartier... sólo ha vendido seis porque ha estado ausente del colegio. Apendicitis. Ha estado en el hospital...

El hermano León hizo un amplio ademán queriendo decir: "Lo entiendo, no importa". Por lo menos, eso era lo que Brian se imaginaba que quería decir. Y el gesto también parecía querer decir: "Continúe". Y Brian contempló el último apellido de la lista.

—Renault... cero.

Una pausa. No quedaban apellidos.

—Renault... cero—dijo el hermano León, con la voz convertida en un susurro siseante—. ¿Puede usted creerlo, Cochran? ¿Un muchacho de Trinity que se niegue a vender el chocolate? ¿Sabe usted lo que ha pasado, Cochran? ¿Sabe usted por qué han caído las ventas?

—No lo sé, hermano León —le contestó sin convicción.

—Los muchachos se han contagiado, Cochran. Contagiado de una enfermedad a la que cabría calificar de apatía. Una enfermedad terrible. Difícil de curar.

¿De qué estaba hablando?

—Antes de poder encontrar una cura, es preciso descubrir la causa. Pero en este caso, Cochran, la causa es conocida. El portador de la enfermedad es conocido.

Ahora sí sabía a dónde quería ir a parar. León creía que Renault era la causa, el portador de la enfermedad.

Como si pudiera leerle la mente, León susurró:

—Renault... Renault...

Igual que un científico loco planeando su venganza en un laboratorio secreto...

Capítulo 23

—Voy a dejar el equipo, Jerry.

—¿Por qué, Cacahuete? Creía que te gustaba el fútbol. Justo ahora cuando estamos empezando a compenetrarnos. Ayer hiciste una atrapada increíble.

Iban camino de la parada de autobús. Hoy era miércoles, y el miércoles no había entrenamiento. Jerry tenía ganas de llegar a la parada. Había una chica preciosa, con el pelo del color de las hojas en otoño. La había visto unas cuantas veces y ella le había sonreído. Una vez se había acercado tanto que pudo leer su nombre en uno de los cuadernos que llevaba en las manos. Ellen Barrett. Un día reuniría el valor necesario para hablarle. "Hola, Ellen". O la llamaría por teléfono. Tal vez hoy.

—Vamos a correr —dijo el Cacahuete.

Y allá se lanzaron en una carrera torpe y desbocada. Los libros les impedían correr con gracia y abandono. Pero el hecho mismo de correr ya animaba al Cacahuete.

—¿Hablas en serio acerca de dejar el equipo? —preguntó Jerry con una voz más aguda de lo normal, forzada a causa de la carrera.

—Tengo que dejarlo, Jerry.

Se alegraba de que su propia voz fuera normal, de que la carrera no le afectara.

Doblaron la esquina en la calle Gate.

—¿Por qué? —preguntó Jerry, lanzándose por la calle Gate con velocidad repentina.

Sus pies martilleaban la acera.

Cómo explicárselo, se preguntó el Cacahuete.

Jerry se había adelantado. Miró hacia atrás, por encima del hombro, con el rostro de un rojo intenso a causa del esfuerzo.

—¿Por qué, joder?

El Cacahuete lo alcanzó, acelerando ligeramente el ritmo. Le hubiera resultado fácil dejarlo atrás.

—¿Te has enterado de lo que le ha pasado al hermano Eugene? —le preguntó el Cacahuete.

—Lo han trasladado —respondió Jerry, obligándose a pronunciar las palabras como quien aprieta para sacar pasta de dientes del tubo.

Estaba en buena forma gracias al fútbol, pero no era un corredor y no conocía los trucos.

—A mí me han dicho que tiene permiso por enfermedad —dijo el Cacahuete.

—¿Y cuál es la diferencia? —contestó Jerry. Respiró profundamente y con avaricia—. Eh, las piernas las tengo bien, pero los brazos me están matando —llevaba dos libros en cada mano.

—Sigue corriendo.

—Estás loco —le dijo Jerry, que sin embargo lo complació.

Estaban acercándose al cruce de las calles Green y Gate. Al ver el apuro de Jerry, el Cacahuete aflojó el paso.

—Dicen que el hermano Eugene no ha vuelto a ser el mismo desde lo del aula diecinueve. Dicen que tiene los nervios hechos polvo por culpa de aquello. Que no puede ni comer ni dormir. Por la conmoción.

—Rumores —dijo Jerry entre jadeos—. Oye,

Cacahuete, me arden los pulmones. Estoy a punto de desmayarme.

—Yo sé cómo se siente él, Jerry. Sé que una cosa así puede poner a cualquiera contra las cuerdas —gritaba las palabras al viento. Nunca habían hablado de la destrucción del aula diecinueve, aunque Jerry sabía el papel que había desempeñado el Cacahuete—. Jerry, hay gente que no puede soportar la crueldad. Y hacerle aquello a un tipo como Eugene fue una crueldad...

—¿Pero qué tiene que ver el hermano Eugene con no jugar al fútbol? —preguntó Jerry, ahora jadeando de verdad, sudando de verdad, con los pulmones a punto de estallar y los brazos doloridos por el peso de los libros.

El Cacahuete echó el freno, aflojando el paso hasta detenerse finalmente. Jerry expulsó el aire por la boca al tiempo que se derrumbaba sobre el borde del jardín frontal de la casa de alguien. El pecho le subía y le bajaba como un fuelle humano.

El Cacahuete se sentó en el bordillo con las piernas extendidas y los pies en la alcantarilla. Examinó las hojas apiñadas a sus pies. Estaba tratando de dar con la forma de explicarle a Jerry la conexión entre el hermano Eugene, el aula diecinueve y lo de no volver a jugar al fútbol. Sabía que la conexión existía, pero era difícil ponerla en palabras.

—Escucha, Jerry, algo huele a podrido en esa escuela. Más que podrido.

Tanteó en busca de la palabra adecuada y la encontró, pero no quiso utilizarla. Aquella palabra no encajaba con lo que les rodeaba, con el sol y la espléndida tarde de octubre. Era una palabra de medianoche, una palabra de tormenta y viento desbocado.

—¿Los Vigils? —preguntó Jerry.

Se había tumbado de espaldas en el césped y estaba contemplando el azul del cielo, las nubes otoñales en su veloz caminar.

—Eso es parte del asunto —dijo el Cacahuete. Ojalá hubieran seguido corriendo—. Es la maldad —dijo.

—¿Qué has dicho?

Una locura. Jerry creería que estaba alucinando.

—Nada —respondió el Cacahuete—. Sea como sea, no pienso jugar al fútbol. Es una cuestión personal, Jerry —ahora respiró profundamente—. Y tampoco voy a apuntarme a atletismo cuando llegue la primavera.

Se quedaron sentados en silencio.

—¿Pero qué es lo que pasa? —preguntó finalmente Jerry, con voz llena de afecto y preocupación.

—Es lo que nos están haciendo, Jerry —resultaba más sencillo hablar porque no se estaban mirando, porque los dos tenían la mirada perdida hacia delante—. Es lo que me hicieron a mí aquella noche en el aula. Lloré como un bebé, algo que nunca pensé que me iba a volver a pasar en la vida. Y lo que le hicieron al hermano Eugene, destrozándole el aula, destrozándolo a él...

—Qué va, tómatelo con calma, Cacahuete.

—Y lo que te están haciendo a ti... con el chocolate.

—No es más que un juego, Cacahuete. Piensa en ello como un juego y una gracia. Déjales que se diviertan con sus juegos. Y el hermano Eugene debe de haber estado al borde del abismo, de todas formas...

—Es más que un juego y una gracia, Jerry. Cualquier cosa que pueda hacerte llorar a ti y obligar a un profesor a marcharse..., que lo empuje al abismo, todo eso es más que un juego y una gracia.

Se quedaron allí sentados mucho rato. Jerry en el césped y el Cacahuete en el bordillo. Jerry sabía que ya iba a llegar demasiado tarde para ver a la chica, a Ellen Barrett, pero le parecía que el Cacahuete necesitaba su compañía en aquel momento. Algunos alumnos de la escuela pasaron por allí y los llamaron. Vino un autobús y se paró. El conductor puso cara de asco cuando el Cacahuete meneó la cabeza para decirle que no quería subir.

—Vende el chocolate, Jerry, por favor —dijo el Cacahuete al cabo del rato.

—Juega al fútbol —contestó Jerry.

El Cacahuete negó con la cabeza.

—No le voy a dar nada más a Trinity. Ni fútbol, ni carreras, ni nada.

Se quedaron sentados absortos en su tristeza. Finalmente, recogieron los libros, se levantaron y caminaron en silencio hasta la parada del autobús.

La chica no estaba allí.

Capítulo 24

Tenemos problemas —dijo el hermano León.

"*Eres tú* el que tiene problemas, no yo", hubiera querido contestar Archie. Pero no lo hizo. Nunca había hablado con León por teléfono y la voz descarnada al otro extremo de la línea lo cogió desprevenido.

—¿Qué pasa? —preguntó Archie con cautela; pero lo sabía, por supuesto.

—El chocolate —dijo León—. No se está vendiendo. La campaña entera está a punto de irse a pique.

La respiración de León llenaba los vacíos entre las palabras como si acabara de correr una larga carrera. ¿No estaría al borde del pánico?

—¿Tan mal están las cosas? —preguntó Archie, relajándose, tanteando el terreno.

Sabía perfectamente lo mal que estaban.

—Sería difícil que estuvieran peor. La campaña ya va en su etapa final. El impulso inicial se ha desvanecido. Hemos perdido la inercia. La mitad del chocolate aún no se ha vendido. Y las ventas están prácticamente paradas —León hizo una pausa en su recital—. No se puede decir que estés siendo muy eficaz, Archie.

Archie meneó la cabeza con admiración a pesar suyo. Genio y figura hasta la sepultura. León se encontraba entre la espada y la pared y aún seguía a la ofensiva. "No se puede decir que estés siendo muy eficaz, Archie".

—¿Quiere eso decir que las finanzas van mal? —le

echó en cara Archie, lanzando su propia ofensiva.

A León tal vez le pareciera un disparo a ciegas, pero no lo era. La pregunta de Archie estaba basada en la información que había recibido de Brian Cochran aquella misma tarde.

Cochran lo había parado en el pasillo del segundo piso y le había hecho gestos de que lo acompañara a un aula vacía. Archie se había mostrado receloso. Aquel tío era el contable de León y probablemente uno de sus lacayos. Pero la información le reveló que Cochran no era uno de los lacayos de León.

—Escucha, Archie, me parece que León está hasta el cuello de problemas. Hay algo más que chocolate en todo esto.

A Archie no le gustó la familiaridad de Cochran, que lo hubiese llamado por su nombre de pila. Pero no dijo nada porque sentía curiosidad por lo que tuviera que decirle.

—He oído por casualidad una conversación entre León y el hermano Jacques. Jacques intentaba arrinconarlo. No paraba de decir algo acerca de que León había abusado de la delegación de poderes. Que había sobrepasado la capacidad financiera de la escuela. Ésa fue la palabra exacta: "sobrepasado". El chocolate tenía que ver con el tema. Algo de veinte mil cajas y que León había pagado en efectivo y por adelantado. No lo pude oír todo... Salí de allí antes de que me descubrieran...

—¿Así que, qué te parece a ti, Cochran?—le preguntó Archie, aunque lo sabía.

A León le hacía falta un mínimo de veinte mil dólares para hacer cuadrar las cuentas del colegio.

—Me parece que León compró el chocolate con un

dinero que no debía tocar. Ahora la venta se está yendo a hacer puñetas y a él lo ha cogido en medio. Y el hermano Jacques se huele algo...

—Jacques es un tipo listo —dijo Archie.

Y se acordó de cómo había actuado a partir de la información anónima de Archie sobre la expresión "medio ambiente", de cómo había ridiculizado a la clase, y a Obie entre ellos.

—Buen trabajo, Cochran.

Cochran sonrió de oreja a oreja al oír aquella alabanza. Llevado por el impulso, sacó unas hojas de papel de un libro que llevaba encima.

—Échale un ojo a esto cuando puedas, Archie. Son los datos de la venta de este año y del pasado. El asunto está fatal. Me parece que León las está pasando canutas...

Pero Cochran no conocía realmente a León. Archie se dio cuenta de eso al oír la fuerza con que le llegaba la voz del profesor por el teléfono. León había pasado por alto la pulla de Archie sobre las finanzas y había reanudado la ofensiva.

—Creía que teníais influencia, Archie. Tú y tus... amigos.

—No es mi venta, hermano León.

—Es tu venta en más aspectos de lo que te imaginas, Archie —dijo León con un suspiro. Era su suspiro de pega, su numerito habitual—. Al principio te dio por dedicarte a los jueguitos con ese de primero, Renault, y te metiste a fondo. Ahora el tiro te ha salido por la culata.

Renault. Archie pensó en la negativa a vender de aquel crío, en su ridículo desafío. Recordó el eco de triunfo en el tono de Obie mientras le contaba la jugarreta de Renault. Ahora te toca mover a ti, Archie, pequeño. Pero, de todas formas, siempre era Archie el que tenía que moverse.

Y ahora se movió.

—Un segundo —le dijo al hermano León.

Dejó el teléfono y se fue al estudio. Sacó los datos de Cochran de su libro de historia de los Estados Unidos y volvió al teléfono.

—Tengo aquí algunas cifras sobre la venta del año pasado —dijo—. ¿Sabía que el año pasado casi no se logra vender todo el chocolate? Los chicos se están cansando de vender cosas. El año pasado hicieron falta un montón de premios y gratificaciones para que vendieran sólo veinticinco cajas, a dólar la caja. Y este año les han echado encima cincuenta cajas a dos dólares cada una. Ésa es la razón de que la venta se esté yendo a pique... y no los jueguitos.

La respiración del hermano León llenaba el teléfono, como si estuviera haciendo una especie de llamada obscena.

—Archie —le dijo, en un susurro, un susurro que era pura amenaza, como si el mensaje que tenía que comunicarle fuese demasiado terrible para pronunciarlo en voz alta—. No me importan ni las gracias ni los juegos. No me importa si la culpa es de Renault, o de tu preciosa organización, o del estado de la economía. Lo único que sé es que el chocolate no se está vendiendo. ¡Y quiero que se venda!

—¿Alguna idea de cómo conseguirlo? —dijo Archie, volviendo a intentar ganar tiempo.

Era curioso. Sabía lo precaria que era la situación de

León y, sin embargo, uno siempre corría el peligro de subestimarlo. Seguía contando con toda la autoridad de la escuela. Archie sólo tenía su propio ingenio y una panda de tíos que sin él serían un enorme cero a la izquierda.

—Tal vez deberías empezar con Renault —dijo León—. Me parece que habría que obligarle a decir : "sí" en lugar de "no". Estoy convencido de que se ha convertido en un símbolo para los que desearían presenciar la derrota de la venta. Los hipócritas, los descontentos.... ésos siempre se reúnen alrededor de cualquier rebelde. Renault debe vender chocolate. Y vosotros, los Vigils, sí, estoy diciendo el nombre en voz alta, los Vigils debéis echar el resto en apoyo de la venta...

—Eso tiene todo el aire de una orden, hermano.

—Has pronunciado la palabra exacta, Archie. *Orden*... es una orden.

—No le sigo, hermano.

—Te lo aclararé, Archie. Si la venta se va a hacer gárgaras, tú y los Vigils os iréis también a hacer gárgaras. Puedes creerme...

Archie estaba a punto de contestar, tentado de hablarle a León de lo que se había enterado con respecto a los problemas financieros, pero no tuvo ocasión. León, el muy hijo de puta, ya había colgado y el pitido del teléfono le estalló a Archie en el oído.

Capítulo 25

La convocatoria parecía la nota de unos secuestradores pidiendo rescate: letras recortadas de un periódico o de una revista. rEuniÓN de LoS VIGiIS a laS dOS y meDIa. Aquella chifladura, las letras disparatadas, le daban un aire infantil y ridículo. Pero ese mismo aire infantil la convertía también en algo no del todo racional, vagamente amenazador y burlón. Era, lógicamente, el toque especial de los Vigils y de Archie Costello.

Treinta minutos después, Jerry se encontraba de pie ante los Vigils en el trastero. Al lado, el gimnasio estaba ocupado por gente que entrenaba al baloncesto o realizaba ejercicios de boxeo, y las paredes se hacían eco de los golpes, saltos y silbidos en una especie de grotesca banda sonora. Habría aproximadamente una decena de miembros de los Vigils presentes, incluyendo a Carter, que estaba empezando a cansarse de toda aquella chorrada de los Vigils, sobre todo cuando significaba que tenía que perderse el boxeo, e incluyendo también a Obie, que esperaba el encuentro con regocijo, deseoso de saber cómo iba a actuar Archie. Éste se había sentado tras la mesa de juegos, que estaba cubierta con un paño púrpura y dorado, los colores de la escuela. Y en el centro exacto de la mesa: una caja de chocolates.

—Renault —dijo Archie con suavidad.

En una reacción instintiva, Jerry adoptó una posición de firme, cuadrando los hombros y metiendo la barriga, para inmediatamente sentirse asqueado de sí mismo.

—¿Quieres un chocolate, Renault?

Jerry negó con la cabeza, suspirando. Pensó con añoranza en la gente que andaría por el campo de fútbol, allá, bajo la dulce y fresca brisa, jugueteando con la pelota hasta que empezase el entrenamiento.

—Están buenos —dijo Archie, al tiempo que abría la caja y sacaba uno.

Absorbió el aroma y se lo metió de golpe en la boca. Masticó lentamente, con fruición, chasqueando de forma exagerada. Un segundo chocolate siguió el camino del primero. Y un tercero, el del segundo. Ahora tenía la boca atiborrada de chocolate y la garganta le ondulaba al tiempo que tragaba.

—Deliciosos —comentó—. Y a sólo dos dólares la caja. Un chollo.

Alguien se rió. Una andanada breve que se cortó al instante, como cuando se retira la aguja de un disco.

—Pero tú no tienes manera de saber lo del precio, ¿verdad, Renault?

Jerry se encogió de hombros. Pero el corazón comenzó a latirle a lo loco. Sabía que iba a haber un enfrentamiento personal. Y ahí estaba.

Archie extendió la mano para coger otro chocolate. Luego, a la boca.

—¿Cuántas cajas has vendido, Renault?

—Ninguna.

—¿Ninguna? —la suave voz de Archie se quebró llena de sorpresa y extrañeza. Tragó chocolate al tiempo que meneaba la cabeza en un remedo de confusión. Sin apartar la vista de Jerry, preguntó—: ¿Eh, Porter, cuántas cajas has vendido tú?

—Veintiuna.

—¿Veintiuna? —la voz de Archie era ahora pura perplejidad—. Eh, Porter, va a resultar que eres uno de esos enanos de primero llenos de sentido de la responsabilidad y ganas de triunfar, ¿no?

—Soy de los mayores.

—¿De los mayores? —más perplejidad—. ¿Quieres decir que eres un pez gordo de los mayores y que aún te queda espíritu para salir por ahí a vender todo ese chocolate? Genial, Porter —insistió con voz burlona... ¿burlona?—. ¿Alguno más de vosotros ha vendido chocolate?

El aire se llenó de una cascada de cifras, como si los Vigils estuvieran pujando en una subasta fantasmal.

—Cuarenta y dos.

—Treinta y tres.

—Veinte.

—Diecinueve.

—Cuarenta y cinco.

Archie levantó las manos y volvió a reinar el silencio. Alguien se dio contra la pared del gimnasio y soltó un taco. A Obie le maravillaba ver a Archie dirigiendo las reuniones y haciendo que todos los Vigils reaccionaran a sus deseos. Porter no había vendido ni diez cajas, si es que había vendido alguna. El propio Obie no había vendido más que dieciséis, pero había gritado cuarenta y cinco.

—Y tú, Renault, un crío, uno de los nuevos, que debería estar lleno a reventar del espíritu de Trinity, ¿vas a decirme que no has vendido ninguna? ¿Cero? ¿Nada?

Extendió la mano en busca de otro chocolate. La verdad era que le encantaban. No eran tan buenos como los que tenían almendras, pero como sustituto resultaban muy aceptables.

—Así es —dijo Jerry con una vocecilla como salida del extremo equivocado de un telescopio.

—¿Te importa si te pregunto por qué?

Jerry se puso a reflexionar. ¿Qué debería hacer? ¿Montarse cualquier película? ¿Decirlo con claridad? Pero no estaba seguro de si tendría sentido dicho con claridad, especialmente ante una habitación llena de extraños.

—Es una cuestión personal —dijo finalmente, sintiéndose perdedor, sabiendo que no podría ganar.

Hasta ahora todo había sido tan genial. El fútbol, la escuela, una chica que le había sonreído en la parada del autobús. Se le había acercado y visto su nombre escrito en un libro. Ellen Barrett. Ella le había sonreído dos días seguidos, y a él la timidez le había impedido hablarle, pero había consultado todos los Barrett de la guía telefónica. Había cinco. Esta noche tenía la intención de llamarlos a todos, de dar con ella. Le parecía que por teléfono sí sería capaz de hablar con ella. Ahora, por alguna razón, tenía la sensación de que nunca hablaría con ella, de que nunca volvería a jugar al fútbol. Una sensación absurda, pero que era incapaz de quitarse de encima.

Archie se había estado chupando los dedos, uno a uno, dejando que el eco de la respuesta de Jerry flotase en el aire. El silencio era tan intenso que oyó el ruido de las tripas de alguien.

—Renault —dijo Archie, en tono amistoso, con voz dialogante—. Te voy a decir una cosa. Aquí entre los Vigils no existe nada que sea personal. No tenemos secretos, ¿me entiendes? —le pegó un último lametón al pulgar—. Eh, Johnson.

—¿Sí? —habló una voz detrás de Jerry.

—¿Cuántas pajas te haces al día?

—Dos —respondió rápidamente Johnson.

—¿Has visto? —preguntó Archie—. No tenemos secretos, Renault. Nada es personal. No en los Vigils.

Jerry se había duchado esa mañana antes de ir al colegio, pero ahora pudo oler su propio sudor.

—Venga —dijo Archie, haciendo de buen samaritano, dándole ánimos, engatusándolo—. A nosotros nos lo puedes contar.

Carter soltó un bufido de exasperación. Se le estaba acabando la paciencia con todas aquellas chorradas de jugar al gato y al ratón. Llevaba dos años sentándose allí y contemplando los jueguitos estúpidos que se traía Archie con los críos, dejando que Archie jugase a ser el pez gordo, como si fuese el director de la función. Carter era el que tenía que cargar con la responsabilidad de las misiones. Como presidente, también debía tener controlados a los demás, tenerlos a tono, dispuestos a ayudar a que las misiones de Archie salieran bien. Y Carter no sentía ningún entusiasmo por aquella historia del chocolate. Era algo que se escapaba al control de los Vigils. Implicaba al hermano León y no se fiaba de León ni de lejos. Ahora tenía delante a aquel crío, Renault, con todo el aire de estar a punto de desmayarse de miedo, el rostro pálido y los ojos muy abiertos por el temor, mientras Archie se divertía con él. La hostia. Carter no soportaba todas aquellas chorradas psicológicas. Le encantaba el boxeo, donde todo estaba a la vista: los codazos, los ganchos, los directos, el guante en el estómago.

—Vale, Renault, se acabaron los juegos —dijo Archie. Su voz había perdido cualquier atisbo de suavidad. No tenía ya chocolate en la boca—. Dínoslo. ¿Por qué no estás vendiendo el chocolate?

—Porque no quiero —dijo Jerry, aún vacilante.

Porque... ¿qué otra cosa podría hacer?

—¿Que no quieres? —preguntó Archie con incredulidad.

Jerry asintió con la cabeza. Había ganado tiempo.

—Eh, Obie.

—¿Sí? —respondió Obie, picado.

¿Por qué narices tenía Archie que escogerlo a él siempre? ¿Qué narices querría ahora?

—¿Tú quieres venir al colegio todos los días?

—Joder, claro que no —replicó Obie, sabiendo lo que quería Archie y dándoselo, pero al mismo tiempo con rencor, sintiéndose una mera comparsa, como si Archie fuese el ventrílocuo y Obie su muñeco.

—Pero *sí* vienes al colegio, ¿no?

—Joder, claro que sí.

Su respuesta fue recibida entre risas, y Obie se permitió una sonrisa. Pero una rápida mirada de Archie se la borró de la cara. Archie iba absolutamente en serio. Lo sabía por el modo en que tenía apretados y aplastados los labios y por cómo le brillaban los ojos como luces fluorescentes.

—¿Te das cuenta? —dijo Archie, volviendo a girarse para encarar a Renault—. En este mundo todos tienen que hacer cosas que no quieren hacer.

Jerry se sintió invadido por una horrorosa sensación de tristeza. Como si hubiera muerto alguien. Igual que se había sentido en el cementerio el día que enterraron a su madre. Todo tan sin remedio.

—Vale, Renault —dijo Archie con un tono de firme decisión en la voz.

Se podía palpar la tensión en el cuarto. Obie contuvo el aliento. Ahora viene. El toque de Archie.

—El encargo es el siguiente. Mañana, cuando pasen lista, aceptarás el chocolate. Vas a decir: "Hermano León, acepto el chocolate".

—¿Qué? —se le escapó a Jerry, atónito.

—¿Tienes problemas de oído, Renault? —y, girándose, dijo—: Eh, McGrath, ¿me has oído tú?

—Joder, claro que sí.

—¿Y qué he dicho?

—Has dicho que el crío tenía que empezar a vender chocolate.

Archie volvió a concentrar su atención en Jerry.

—La broma te está saliendo barata, Renault. Has desobedecido a los Vigils. Eso exige un castigo. Aunque los Vigils no creen en la violencia, nos hemos visto obligados a contar con un código sancionador. El castigo suele ser peor que el encargo. Pero estamos dejando que la broma te salga barata, Renault. Sólo te pedimos que mañana aceptes el chocolate. Y que lo vendas.

La hostia, pensó Obie incapaz de creerse lo que oía. El gran Archie Costello estaba asustado. La palabra "pedimos" era la clave que lo había traicionado. Un lapsus, quizá. Pero como si Archie estuviese intentando llegar a un acuerdo con el crío, *pidiéndoselo*. Increíble. "Ahora sí que te tengo, Archie, cabronazo". Obie nunca había experimentado una sensación de triunfo tan deliciosa. Aquel enano de mierda iba a joder a Archie por fin. No la caja negra. Ni el hermano León. Ni su propio ingenio. Sino un enano delgaducho. Porque había una cosa de la que Obie estaba tan seguro como de cualquier ley natural, como de la ley de la gravedad: Renault no iba a vender el chocolate. Lo sabía con sólo ver al crío, allí de pie y asustado, como si estuviera a punto de cagarse encima, pero manteniéndose en sus trece. Y, entretanto, Archie le *pedía* que vendiera el chocolate. Se lo pedía.

—Te puedes retirar —proclamó Archie.

A Carter le sorprendió aquel final tan súbito y el mazazo que dio fue demasiado fuerte, hasta el punto de que casi rompió la caja que utilizaba a modo de mesa. Tenía la sensación de que se le había escapado algo, de que se le había escapado un momento crucial. Archie y todas sus chorradas sutiles. Lo que le hacía falta a aquel enano era un buen directo a la mandíbula y otro a la barriga. Eso le obligaría a vender el condenado chocolate. Archie y su estúpido "evitemos la violencia". En fin, la reunión había concluido y Carter tenía ganas de desahogarse, de pegarse una buena sudada con los guantes y el gran saco de arena.

Y entonces dio otro mazazo.

Capítulo 26

—Diga.

La mente se le puso en blanco.

—¿Diga?

¿Era ella? Tenía que serlo. Aquél era el último Barrett de la guía y la voz era fresca y atractiva, el tipo de voz que acompañaba a tanta belleza como había visto en la parada del autobús.

—Hola —logró decir con una voz que le salió como un horrible graznido.

—¿Danny? —preguntó ella.

De inmediato sintió unos celos locos de Danny, quienquiera que fuese.

—No —volvió a graznar acongojado.

—¿Quién es? —preguntó, con una voz que empezaba a mostrar fastidio.

—¿Eres Ellen? ¿Ellen Barrett?

El nombre sonaba extraño al decirlo él en voz alta. Nunca lo había dicho en voz alta, aunque lo había susurrado para sus adentros un millar de veces.

Silencio.

—Escucha —empezó a decir con el corazón latiéndole a lo loco—. Escucha, tú no sabes quién soy yo, pero te veo todos los días...

—¿Qué eres, una especie de pervertido? —le preguntó, sin asomo de miedo, sino de buen humor, como curiosa—. Eh, mamá, tengo a un pervertido al teléfono.

—No. Soy el chico de la parada del autobús.

—¿Qué chico? ¿Qué parada?—su voz había perdido todo el recato. Se había convertido en una voz de marisabidilla, una voz retadora.

Quería decirle: "Me sonreíste ayer, anteayer, la semana pasada. Y estoy enamorado de ti". Pero no pudo. De repente vio lo absurdo, lo ridículo de la situación. Los tíos no llamaban a las tías sólo porque les habían sonreído y trataban de presentarse por teléfono. Ella debía de sonreírles a cien tíos al día.

—Perdona si te he molestado —le dijo.

—¿Estás seguro de que no eres Danny? ¿Estás intentando cachondearte de mí, Danny? Escucha, Danny, me estoy empezando a cansar de ti y tus gilipolleces...

Jerry colgó. No quería oír nada más. La palabra "gilipolleces" había supuesto la muerte de cualquier ilusión que tuviera con ella. Era como cuando conocías a una chica preciosa y que al sonreírte resultaba que tenía los dientes amarillentos. Pero el corazón seguía latiéndole a lo loco. *"¿Qué eres, una especie de pervertido?"* "A lo mejor lo soy". No un pervertido sexual, sino de otro tipo. ¿No era negarse a vender el chocolate una especie de perversión? ¿No era una locura seguir negándose a vender chocolate, especialmente después del último aviso que había recibido ayer de Archie Costello y de los Vigils? Y, sin embargo, esa mañana se había mantenido en sus trece y le había lanzado un tranquilo y rotundo "No" al hermano León. Por primera vez, la palabra le trajo gozo, le levantó el ánimo.

Con el eco del último "No" aún resonándole en los oídos, Jerry había supuesto que el colegio entero se iba a caer o que sucedería otra cosa igual de dramática. Pero nada. Había visto al Cacahuete menear la cabeza preocupado. Pero el Cacahuete no conocía aquella nueva sensación, la de que estaba quemando los puentes que cruzaba y por única vez en su vida no le importaba. Cuando llegó a casa seguía igual de optimista; si no, no hubiera tenido el valor de llamar a todos aquellos Barrett y de hablarle a la chica. El fracaso había sido absoluto, por supuesto. Pero había hecho la llamada, dado un paso, roto la rutina de sus días y sus noches.

Entró en la cocina, súbitamente muerto de hambre, y echó un trozo de helado de la nevera a un plato.

—Me llamo Jerry Renault y no voy a vender chocolate —le comunicó al piso vacío.

Sus palabras y su voz resonaron fuertes y nobles.

Capítulo 27

Por supuesto que no debieron haber escogido a Frankie Rollo para asignarle una misión. Estaba en penúltimo curso y era un insolente, un alborotador. Era también contrario a toda colaboración y se negaba a participar en los deportes o en las actividades extracurriculares, que constituían un aspecto tan importante del sistema de Trinity. Rara vez abría un libro y nunca hacía los deberes, pero se las arreglaba para sobrevivir porque era astuto y poseía una inteligencia natural. Su mayor talento consistía en copiar. Además, tenía suerte. En circunstancias normales, era el tipo de persona a la que Archie le gustaba asignar misiones, verlo doblarse o quebrarse. Todos aquellos grandullones, supuestamente tan duros, acababan derritiéndose y convertidos en enanos cuando les tocaba enfrentarse a Archie y a los Vigils. El desdén y la fanfarronería se evaporaban cuando les tocaba quedarse de pie, incómodos, en el trastero. Pero no Frankie Rollo. Frankie estaba de pie, suelto y relajado, sin vergüenza.

—Nombre y apellidos —le dijo Archie.

—Venga, Archie —contestó Rollo, sonriendo ante tanta tontería—. Sabes perfectamente cómo me llamo.

El silencio fue espantoso. Pero antes del silencio en el cuarto se oyó un jadeo de sorpresa. Archie tuvo cuidado de conservar la máscara, de no permitirse mostrar ninguna emoción. Pero la conmoción iba por dentro. Nadie había reaccionado nunca así. Nadie había desafiado nunca ni a Archie ni al sistema de las misiones.

—Déjate de chorradas, Rollo —gruñó Carter—. Venga, suelta el nombre.

Una pausa. Archie maldijo para sus adentros. Le resultaba irritante que Carter se metiera así, como si acudiese al rescate de Archie. Normalmente, Archie dirigía las reuniones a su manera, no a la manera de ningún otro.

—Me llamo Frankie Rollo —anunció con una voz cantarina y burlona, al tiempo que se encogía de hombros.

—¿Te crees que eres un pez gordo, verdad? —le preguntó Archie.

Rollo no contestó, pero la sonrisita que se le dibujó en el rostro fue una respuesta más que elocuente.

—Un pez gordo —repitió Archie, como si saborease las palabras, pero en realidad atascado, tratando de ganar tiempo, dándole vueltas a la cabeza, consciente de que necesitaría improvisar, convertir a aquel hijo de puta insolente en una víctima.

—Tú lo has dicho, no yo—dijo Rollo con aires de suficiencia.

—Pues a nosotros nos gustan especialmente los peces gordos —dijo Archie—. De hecho, ésa es nuestra especialidad: convertir a los peces gordos en pececillos.

—Déjate de gilipolleces, ¿vale, Archie? Rollo—. No estás impresionando a nadie.

Volvió a reinar aquel silencio terrible, como una onda expansiva que los aturdió a todos, como una bofetada invisible. Hasta el propio Obie, que siempre había estado esperando el día en que una víctima desafiara al gran Archie Costello, parpadeó incrédulo.

—¿Qué has dicho? —preguntó Archie, mordiendo cada una de las palabras y escupiéndoselas a Rollo.

—Eh, tíos —dijo Rollo, apartando la mirada de Archie y dirigiéndose a todos los allí reunidos—. No soy un crío asustado que se mea encima porque lo haya llamado la grande y malvada organización de los Vigils. Joder, pero si ni siquiera sois capaces de asustar a un mocoso de primero para que venda unos cuantos chocolates de mierda...

—Escucha, Rollo —comenzó a decir Archie.

Pero no tuvo ocasión de seguir porque Carter se levantó de un salto. Carter llevaba meses aguardando un momento como aquél. Le picaban las manos de falta de acción en aquel trastero en el que se había tenido que quedar sentado semana tras semana, viendo cómo Archie se dedicaba a sus jueguitos del gato y el ratón.

—Te has pasado, Rollo —dijo Carter.

Al mismo tiempo, su mano salió disparada y alcanzó a Rollo en la mandíbula. La cabeza de Rollo salió catapultada hacia atrás con un crujido —un *crujido,* como cuando se parte un nudillo—, y lanzó un aullido de dolor. Cuando Rollo se llevó las manos al rostro en un gesto tardío de defensa, el puño de Carter se le hundió horripilante en el estómago. Rollo gimió y sintió náuseas, doblado por la mitad, abrazándose atónito, luchando por respirar. Lo empujaron por detrás y cayó al suelo entre accesos de tos y escupitajos, arrastrándose a cuatro patas.

Un rugido contenido de satisfacción se elevó entre los Vigils. Por fin, un poco de acción, de acción física, algo que uno podía ver con los ojos.

—Sacadlo de aquí —dijo Carter.

Dos de los Vigils cogieron a Rollo, y medio lo llevaron en volandas, medio lo arrastraron hasta la puerta. Archie había contemplado el rápido trabajo de demolición de Carter con congoja. Le había sentado fatal la súbita entrada de Carter al centro del escenario, y la forma en que todos lo habían animado. Aquello había colocado por primera vez a Archie en desventaja en su condición de planificador de misiones, porque lo de Rollo no se lo había planteado más que como entremés, una especie de diversión gestionada por Obie para animar el ambiente. De hecho, el objeto de la reunión era discutir lo de Renault y los pasos que iban a seguir con aquel enano cabezota que se negaba a pasar por el aro.

Carter los llamó al orden con un mazazo sobre la mesa. En el silencio creciente se pudo oír la caída de Rollo en el suelo del gimnasio y el ruido que hacía al vomitar, como el de la cadena de un retrete.

—Vale, silencio —exigió Carter, como si le estuviera chillando a Rollo que parase de devolver. Luego se giró hacia Archie—: Siéntate —le dijo.

Archie reconoció el tono de autoridad con que le había hablado Carter. Por un instante sintió la tentación de desafiarle, pero se dio cuenta de que los Vigils habían aprobado lo que Carter había hecho con Rollo. Aquél no era momento para un enfrentamiento personal con Carter; era el momento de actuar con calma, con frialdad. Archie se sentó.

—Ha sonado la hora de la verdad, Archie —dijo Carter—. Yo lo veo del siguiente modo, y corrígeme si me equivoco. Cuando un capullo de primera como Rollo aparece aquí y desafía a los Vigils, es que hay algo que va mal. Muy mal. No podemos permitirnos que tíos como Rollo vayan por ahí pensando que nos pueden joder. Se correría la voz y los Vigils se irían a hacer puñetas —e hizo una pausa para que se pudieran imaginar la disolución de los Vigils—. Bien, he dicho que algo va muy mal. Y os voy a decir qué es lo que va mal. Nosotros.

Sus palabras fueron acogidas con sorpresa.

—¿Cómo puedes decir que *nosotros* somos los que vamos mal? —preguntó en voz alta Obie, siempre en su papel de actor secundario que facilita la entrada del protagonista.

—En primer lugar, porque hemos dejado que se asocien nuestro nombre a la puta venta de chocolate. Como si fuera hija nuestra o algo por el estilo. En segundo lugar, y como ha dicho Rollo, hemos dejado que un mocoso de primero se ría de nosotros —y entonces se giró hacia Archie—: ¿No es verdad, Archie? —la pregunta estaba cargada de malicia.

Archie no dijo nada. De repente se encontraba en una habitación llena de extraños y decidió no hacer nada en absoluto. Cuando tengas dudas, espera. Busca una brecha por la que atacar. Sería ridículo intentar llevarle la contraria a Carter, lógicamente. En la escuela se había corrido la voz de que el crío se había negado a vender chocolate desafiando frontalmente a los Vigils. Ésa era la razón de que se hubieran reunido allí aquella tarde.

—Obie, enséñanos lo que has encontrado esta mañana en el tablón de anuncios —dijo Carter.

Obie obedeció con placer. De debajo de la silla sacó un cartel que había doblado por la mitad. Una vez desplegado, el cartel era aproximadamente del tamaño de una ventana pequeña. Obie lo sostuvo en alto para que todos lo vieran. En letras escarlatas y garabateadas, el cartel proclamaba:

Que se joda el chocolate
y
que se jodan los Vigils

—Vi el cartel porque llegué tarde a clase de mates —les explicó Obie—. Estaba en el tablón de anuncios del pasillo principal.

—¿Crees que lo vería mucha gente? —preguntó Carter.

—No. Había pasado corriendo frente al tablón de anuncios un minuto antes de camino a mi armario para recoger el libro de mates. Y el cartel no estaba puesto. Lo más probable es que no lo viera casi nadie.

—¿Crees que lo puso Renault? —preguntó alguien.

—No —dijo Carter con un bufido—. A Renault no le hace falta andar por ahí poniendo carteles. Lleva semanas enteras diciendo que se jodan los Vigils. Pero esto sirve para demostrar lo que está pasando. Se está corriendo la voz. Si Renault se sale con la suya al desafiarnos, habrá otros que lo intentarán —finalmente, se giró para encarar a Archie—. Vale, Archie. Tú eres el cerebro del asunto. Y también eres el que nos ha metido en este lío. ¿Qué hacemos ahora?

—Te estás dejando llevar por el pánico, y sin motivo —dijo Archie con voz suave y tranquila.

Sabía lo que tenía que hacer: recuperar su posición anterior, borrar el recuerdo del desafío de Rollo y demostrar que él, Archie Costello, seguía al mando.

Tenía que probarles que era capaz de ocuparse tanto de Renault como del chocolate. Y estaba preparado para enfrentarse a ellos. Mientras Carter había estado soltando discursitos y Obie haciendo ondear su cartel, la mente de Archie había estado trabajando a todo tren, calculando, probando. Además, siempre funcionaba mejor cuando era sometida a presión.

—En primer lugar, no se puede ir por ahí dándole una paliza a media escuela. Ésa es la razón de que yo suela evitar la coacción física en las misiones. Los hermanos nos echarían el cierre en menos de lo que canta un gallo, y los chicos empezarían a sabotearnos de verdad si comenzásemos a hacerle daño a la gente.

Al observar el ceño fruncido de Carter, decidió darle un poco de carnaza. Carter seguía siendo el director de las reuniones, y, como presidente de los Vigils, podía convertirse en un peligroso adversario.

—Vale, Carter, reconozco que hiciste un trabajo de primera con Rollo y que se lo merecía. Pero a nadie le importa un pimiento lo que le pase a Rollo. Podría seguir devolviendo hasta el día del juicio final y a nadie le importaría. Pero Rollo es una excepción.

—Rollo es un ejemplo —dijo Carter—. Espérate a que se corra la voz de lo de Rollo y ya no tendremos que preocuparnos de que ningún otro tío se haga el listillo ni ponga carteles.

Previendo que la discusión se encaminaba hacia un callejón sin salida, Archie cambió de tercio.

—Pero eso no sirve para vender chocolate, Carter —dijo Archie—. Tú mismo nos has dicho que los Vigils están vinculados a la venta. La solución es sencilla. Vamos a acabar con esta puta venta cuanto antes. Vamos a vender ese chocolate. Si Renault se esta convirtiendo en una especie de héroe rebelde porque no vende el chocolate, ¿cómo diablos crees que lo van a ver cuando todo el colegio se ponga a vender menos él?

De la asamblea surgió un murmullo de asentimiento, pero Carter seguía lleno de dudas.

—¿Y cómo hacemos para que todo el colegio se ponga a vender chocolate, Archie?

Archie se permitió el lujo de soltar una risa tranquila y confiada, pero cerró los puños para ocultar la humedad que le cubría las palmas de las manos.

—Es fácil, Carter. Como sucede con todas las grandes ideas y planes, su genialidad radica en la sencillez.

Todo el mundo se quedó expectante, hechizado, como ocurría siempre que Archie comenzaba a desarrollar planes y misiones.

—Hacemos que la venta del chocolate se vuelva popular. Hacemos que se ponga de moda vender. Corremos la voz. Lo organizamos todo. Llamamos a los delegados de cada clase, de cada sección, al consejo de alumnos, a los tíos con influencia. ¡Todo por nuestra querida Trinity! ¡Todo el mundo a vender!

—No todo el mundo va a querer vender cincuenta cajas, Archie —proclamó Obie, molesto porque de algún modo Archie había vuelto a coger la sartén por el mango y los tenía a todos comiendo de su mano.

—Querrán, Obie —predijo Archie—, querrán. Haz lo que debas hacer, eso es lo que dicen, Obie; haz lo que debas hacer. Bueno, pues vamos a conseguir que vender chocolate sea lo que todo el mundo debe hacer. Y los Vigils van a salir victoriosos, como siempre. El colegio entero nos adorará por ello, por librarlos del chocolate. Podremos hacer lo que nos dé la gana con León y con los hermanos. ¿Por qué te crees que le prometí nuestro apoyo a León desde el principio?

La voz de Archie era suave, llena de confianza, con la suavidad de siempre que todos reconocían como el sello de Archie en sus mejores momentos, cuando se subía a su trono, alto y elegante. Admiraban el modo en que Carter había usado los puños para demoler a Rollo, pero cuando se sentían seguros de verdad era cuando Archie tomaba el mando. Archie, que era capaz de ofrecerles sorpresa tras sorpresa.

—¿Y qué pasa con Renault? —preguntó Carter.

—No te preocupes por Renault.

—Pero es que sí que me preocupo —dijo Carter con sarcasmo—. Nos está haciendo parecer unos capullos.

—El asunto de Renault se arreglará solo —dijo Archie.

¿Es que Carter y los demás no se daban cuenta? ¿Tan ciegos eran ante la naturaleza humana, ante la dinámica de las situaciones?

—Permíteme que te lo explique, Carter. Antes de que se acabe la venta, Renault estará deseando con toda el alma haber vendido el chocolate. Y el colegio se alegrará de que no lo haya hecho.

—Vale —dijo Carter, soltando un mazazo.

Siempre que se sentía inseguro daba un mazazo. La maza era una extensión de su puño. Pero, como tenía la sensación de que Archie se las había arreglado de algún modo para esquivarle, para salir victorioso, le dijo:

—Mira, Archie, si nos sale el tiro por la culata, si la venta no acaba bien, entonces estás jodido, ¿me entiendes? Estarás acabado y no hará falta la caja negra para que te des cuenta.

La sangre acudió a raudales a las mejillas de Archie y sintió unos latidos peligrosos en la frente. Nadie le había hablado nunca así; no en público, como ahora. Haciendo un esfuerzo, se obligó a mantener la calma, a conservar aquella sonrisa en los labios que parecía la etiqueta de una botella, a ocultar su humillación.

—Más te vale tener razón, Archie —dijo Carter—. En lo que a mí se refiere, estás a prueba hasta que se venda el último chocolate.

La humillación final. A prueba.

Archie conservó la sonrisa en el rostro hasta que le pareció que se le iban a rajar las mejillas.

Capítulo 28

Le pasó la pelota a Guilmet apretándosela contra el estómago y luego se quedó allí, esperando a que Carter embistiera a través de sus líneas. La jugada requería que Jerry le diera a Carter en la zona baja y lo tumbase, una misión que no le hacía demasiada ilusión a Jerry. Carter debía pesar veinticinco kilos más que él como mínimo y el entrenador lo utilizaba para que los del equipo de primero no se durmieran en sus laureles. El entrenador siempre les decía: "Lo que importa no es lo grande que sea un cuerpo, sino lo que se hace con él". Ahora Jerry estaba esperando a que Carter emergiera de aquella jungla de cuerpos en combate, mientras Guilmet se lanzaba tratando de evitar los placajes. Allí estaba, como un tren de carga descarrilado, embistiendo, arrollándolo todo a su paso, tratando de desviarse en dirección a Guilmet, pero ya era tarde, demasiado tarde. Jerry se abalanzó contra él, hacia abajo, apuntando al territorio vulnerable de las rodillas, la diana señalada por el entrenador. Carter y Jerry entraron en colisión como dos coches en un accidente. Estrellitas de colores: se habían traído los fuegos de la fiesta nacional del 4 de julio a una tarde de octubre. Jerry sintió cómo se precipitaba hacia el suelo, brazos y piernas hechas un lío, totalmente mezcladas con los brazos y piernas de Carter. La colisión le produjo un sentimiento de gozo, el del contacto puro del fútbol, tal vez no tan hermoso como un buen pase que alcanza su objetivo o como una finta que desequilibra a los adversarios, pero hermoso, sin embargo, y, sobre todo, altivo.

El dulce olor húmedo de la hierba, de la tierra, se introdujo por la nariz de Jerry, que se dejó mecer en las alas de aquel momento glorioso. Sabía que había cumplido con su misión: cazar a Carter. Alzó la mirada y lo vio levantarse atónito, meneando la cabeza. Jerry sonrió al tiempo que se levantaba. De repente, alguien le golpeó por detrás, un empellón malintencionado directo a los riñones, un impacto terrible. Se le doblaron las rodillas y sintió que se volvía a desplomar. Cuando trató de girarse para saber quién le había atacado, recibió otro golpe, no supo de dónde, que lo sacó de equilibrio y lo arrojó violentamente al suelo. Notó que se le humedecían los ojos, que las lágrimas le bañaban las mejillas. Miró a su alrededor y vio que la gente se estaba poniendo en posición para realizar la siguiente jugada.

—Venga, Renault —exclamó el entrenador.

Se incorporó sobre una rodilla y luego se las arregló para apoyarse en los dos pies. El dolor lo abatía y se estaba convirtiendo en una punzada sorda y creciente.

—Venga, venga —le urgió el entrenador, tan irritable como de costumbre.

Jerry se dirigió con cautela hacia la formación de jugadores. Introdujo hombros y cabeza en la piña humana, pensando qué jugada ordenar a continuación, pero había una parte de él que no estaba ni en la jugada ni en el partido. Levantó la cabeza y escrutó el campo, como si estuviera tratando de decidir qué hacer a continuación. ¿Quién le habría atacado de aquella manera? ¿Quién le odiaba tanto para golpearle con tan mala intención?

No había sido Carter. A Carter lo había tenido a la vista todo el tiempo. ¿Quién si no? Cualquiera. Podría haber sido cualquiera. Alguien de su propio equipo incluso.

—¿Estás bien? —le preguntó alguien.

Jerry se volvió a zambullir en el grupo. Cantó un número: una jugada en la que tenía que correr él con la pelota. Por lo menos, si llevaba él la pelota, estaría a la vista de todos y no resultaría tan vulnerable a un ataque a traición.

—Vamos allá —dijo, poniendo ganas en las palabras, comunicándoles a todos que estaba bien, perfectamente, listo para la acción.

Descubrió que al caminar le dolían las costillas.

Alineado tras el central, Jerry volvió a levantar la vista, escrutando a los jugadores. Ahí había alguien que quería acabar con él.

"Dame ojos detrás de la cabeza", rogó al tiempo que gritaba las señales con voz cortante.

El teléfono sonó justo cuando estaba introduciendo la llave en la puerta de la calle. Abrió rápidamente, empujó la puerta y arrojó los libros sobre una silla del vestíbulo. Los timbrazos continuaban sin descanso. Un sonido solitario en aquel apartamento vacío.

Finalmente, descolgó el aparato de la pared.

—¿Diga?

Silencio. Ni siquiera el pitido del teléfono. Luego, en medio del silencio, un ruido tenue, remoto, que se iba acercando, como alguien que se riese en voz baja, para sus adentros, de alguna broma secreta y privada.

—¿Diga? —repitió Jerry.

La risita era ahora más fuerte. ¿Una llamada obscena? Pero ésas sólo las recibían las chicas, ¿no? Y la risita de nuevo, más definida y más fuerte, pero de algún modo aún privada y sugerente, una risita que le decía: "Sé algo que tú no sabes".

—¿Quién es? —preguntó Jerry.

Y luego el pitido del teléfono, como un pedo en pleno oído.

❖❖❖

Esa noche, a las once, el teléfono volvió a sonar. Jerry se imaginó que sería su padre, que estaba haciendo el último turno en la farmacia.

Descolgó y habló.

Nadie respondió.

Ningún sonido en absoluto.

Tuvo deseos de volver a colgar, pero algo le obligó a sostener el teléfono contra la oreja, aguardando.

La risita de nuevo.

Era más espeluznante que a las tres de la tarde. La noche, la oscuridad allá afuera, el apartamento acribillado por las sombras que proyectaban la luz de los faroles, la hacían más amenazadora. "Olvídalo", se dijo Jerry, "por la noche todo parece peor".

—Eh, ¿quién es? —preguntó, y el sonido de su propia voz restauró la normalidad.

Siguió la risita, casi maligna en su tranquilo deje burlón.

—¿Quién eres, imbécil? ¿Un pirado? ¿Un capullo

pasado de rosca? —preguntó Jerry. Estaba furioso.

La risita se convirtió en una carcajada burlona.

Y el pitido del teléfono otra vez.

Casi nunca guardaba nada de valor en el armario. La escuela era famosa por sus "gorrones": chicos que no eran exactamente ladrones, pero que se llevaban cualquier cosa que no estuviese clavada o encerrada con llave. Comprarse un candado no tenía sentido. Te lo reventarían el primer día. La privacidad era un concepto prácticamente inexistente en Trinity. A la mayor parte de los chicos no les importaba un pito ni sentían el menor respeto por los derechos de los demás. Registraban pupitres, fisgaban en los armarios u hojeaban los libros en una eterna búsqueda de algún botín: dinero, hierba, libros, relojes, ropa, lo que fuera.

A la mañana siguiente a la primera llamada telefónica nocturna, Jerry abrió su armario y negó con la cabeza de pura incredulidad. Habían manchado su póster con tinta o algún tipo de pintura azul. La leyenda estaba prácticamente tachada. El "¿Acaso me atrevo yo a turbar el universo?" se había convertido en un grotesco revoltijo de letras incoherentes. Era un acto de vandalismo tan sin sentido y pueril que Jerry se sintió más asombrado que furioso. ¿Quién podría haber hecho aquella locura? Al bajar la vista, vio que sus zapatillas nuevas de deporte estaban rajadas. La lona estaba hecha jirones, como una especie de trapo destrozado. Había cometido el error de dejarlas allí toda la noche.

Lo del póster tenía un sentido, un sentido brutal, obra de un animal, y todos los colegios tenían animales, hasta Trinity. Pero no había nada supuestamente gracioso en destrozar unas zapatillas. Ése era un acto deliberado, un mensaje de alguien.

Las llamadas telefónicas.

El ataque en el campo de fútbol.

Y ahora aquello.

Cerró el armario rápidamente para que nadie viera los daños. Por alguna extraña razón, le daba vergüenza.

Había estado soñando con un incendio, con llamas que devoraban paredes desconocidas, y una sirena que aullaba, pero de repente ya no era una sirena, sino el teléfono. Jerry salió torpemente de la cama. En el vestíbulo, su padre acababa de colgar violentamente.

—Aquí está pasando algo raro.

El reloj de pared dio las dos.

Jerry no tuvo que parpadear para quitarse el sueño de los ojos. Estaba completamente despierto, congelado, sintiendo la frialdad del suelo bajo sus pies.

—¿Quién era? —preguntó, aunque, por supuesto, lo sabía.

—Nadie —contestó su padre con asco—. Pasó lo mismo anoche, aproximadamente a esta misma hora. Pero tú no te despertaste. Y un loco al otro lado del teléfono no paraba de reírse como si fuese el mejor chiste del mundo —extendió la mano y le acarició el pelo a Jerry—. Vuélvete a la cama, Jerry. Hay todo tipo de locos por ahí sueltos.

Pasaron varias horas antes de que Jerry pudiese dormirse de un modo extraño y carente de sueños.

—Renault —lo llamó el hermano Andrew.

Jerry levantó la vista. Estaba absorto en su nuevo trabajo para la clase de arte: copiar un edificio de dos pisos para aprender a dibujar con perspectiva. El ejercicio era sencillo, pero le encantaban las líneas ordenadas, la nitidez, la belleza desnuda de los planos y los ángulos.

—¿Sí, hermano?

—Su acuarela. El paisaje que les he encargado.

—¿Sí?

Confusión. La acuarela, que era un encargo muy importante, le había supuesto una semana de trabajo esmerado por la sencilla razón de que el fuerte de Jerry no era el dibujo artístico. Se encontraba más cómodo entre diseños formales o geométricos, donde la composición estaba bien definida. Pero la acuarela sería responsable de un cincuenta por ciento de su nota de aquel semestre.

—Hoy es el último día para entregarla —dijo el hermano—. Y no encuentro la suya aquí.

—La puse sobre su mesa ayer —dijo Jerry.

—¿Ayer? —preguntó el hermano Andrew como si nunca hubiese oído hablar de un día que se llamase ayer.

Se trataba de un hombre quisquilloso y meticuloso que solía enseñar matemáticas, pero que había estado sustituyendo al profesor de arte.

—Estoy seguro —dijo Jerry con firmeza.

Enarcando las cejas, el hermano revisó el montón de dibujos que tenía sobre la mesa.

Jerry suspiró calladamente, resignado. Sabía que el hermano Andrew no iba a encontrar el dibujo. Hubiera querido girarse, escrutar las caras de los alumnos, descubrir cuál de ellos estaría regodeándose de satisfacción. "Eh, te está entrando la paranoia", se dijo. "¿Quién iba a colarse en esta clase para robarte el dibujo? ¿Quién se dedicaría a vigilarte tan de cerca para saber incluso que el dibujo lo entregaste ayer?"

El hermano Andrew levantó la vista.

—Aunque suene a frase hecha, Renault, nos encontramos en un callejón sin salida. Su paisaje no está aquí. Así pues, o bien yo lo he perdido, y no tengo costumbre de perder paisajes —el profesor hizo una pausa en ese momento como si, por increíble que parezca, esperase una risa general; y, por increíble que parezca, la risa realmente se produjo— ...o a usted le falla la memoria.

—Lo he entregado, hermano —dijo Jerry con aplomo.

El profesor miró fijamente a Jerry a los ojos. Éste se dio cuenta de que su duda era sincera.

—Bueno, Renault, tal vez resulte que sí tengo la costumbre de perder paisajes —dijo, y Jerry sintió una oleada de camaradería hacia aquel profesor—. Sea como fuere, permítame comprobarlo. Tal vez esté en la sala de profesores.

Por alguna extraña razón, aquella observación también provocó risas, a las que se sumó incluso el hermano. Estaban al final de la clase y del día, y todo el mundo tenía necesidad de relajarse, de levantar el pie del acelerador, tomárselo con calma. Jerry hubiera querido mirar a su alrededor, descubrir de quién eran los ojos que brillarían victoriosos con la pérdida de la acuarela.

—Por supuesto, Renault, que si no encuentro ese paisaje, lo sentiré mucho, pero me veré en la penosa obligación de suspenderle este semestre.

J erry abrió su armario.

Todo seguía hecho un desastre. No había arrancado el póster ni retirado las zapatillas de lona. Los había dejado allí como símbolos. ¿Símbolos de qué? No estaba seguro. Contempló pensativamente el póster y reflexionó sobre la leyenda destrozada: "¿Acaso me atrevo yo a turbar el universo?"

La habitual alharaca del pasillo le rodeaba ahora. Armarios que se cerraban de un portazo, gritos desaforados y silbidos, grandes zancadas de gente que se apresuraba para llegar a las actividades extracurriculares: fútbol, boxeo, oratoria.

"*¿Acaso me atrevo yo a turbar el universo?*"

"Sí, sí que me atrevo. Creo."

Súbitamente, Jerry comprendió el póster. Aquel hombre solitario de la playa, de pie, erguido, y solo, sin miedo, suspendido en el instante en que se hacía oír, en que se daba a conocer frente al mundo, frente al universo.

Capítulo 29

Genial.

Brian Cochran revisó las cuentas una y otra vez, jugueteando con ellas, llevándolas de acá para allá, como si él fuera malabarista, y las cifras, gozosos números cargados de fascinación. Se moría de ganas por informar de las cuentas al hermano León.

Durante los últimos días, el volumen de ventas había ascendido de un modo desconcertante. Desconcertante era la palabra exacta. Brian tenía la sensación de haberse emborrachado con las estadísticas. Las cifras eran como el alcohol y le daban una alegría vertiginosa hasta el mareo.

¿Qué había pasado? No estaba seguro. No existía una única razón para aquel súbito giro, aquel sorpendente incremento, aquella precipitada subida de las ventas. Pero la prueba del cambio operado no se hallaba sólo aquí, en las cifras que tenía delante, sino en la escuela entera. Brian había sido testigo de una actividad frenética indicadora de que el chocolate se había convertido de repente en una fiebre, una moda, igual que había pasado con los yoyós cuando eran críos de primaria, igual que las manifestaciones habían sido la emoción del momento hacía unos cuantos años. Según afirmaban los rumores, los Vigils habían hecho suya la venta a modo de cruzada especial. Y cabía la posibilidad de que así fuese, aunque Brian no lo había investigado. Siempre intentaba mantenerse al margen de los Vigils.

Sin embargo, había visto a algunos de los miembros más señalados de la organización emboscando a la gente por los pasillos, comprobando cómo llevaban las ventas y lanzándoles susurros amenazadores a los que sólo habían vendido unas pocas cajas. Cada tarde salían del colegio varios grupos de gente organizada y cargada de chocolate. Se apiñaban en coches y se echaban a la calle. A Brian le habían contado que los equipos se dirigían a distintos sectores de la ciudad e invadían barrios enteros, donde llamaban a los timbres y a las puertas en una campaña masiva de ventas en la que empezaban a parecer vendedores de enciclopedias a comisión. ¡Tremenda campaña! Brian se había enterado de que alguien había obtenido permiso para ofrecer la mercancía en una de las fábricas locales. Cuatro tíos se la habían recorrido entera y habían vendido trescientas cajas en un par de horas. Toda aquella actividad febril traía loco a Brian, que tenía que llevar las cuentas y además echar a correr hacia los grandes tablones del salón de actos para hacer públicos los resultados. El salón de actos se había convertido en el centro de la escuela. —¡Eh, mira! —había chillado un alumno durante la última puesta al día—. Jimmy Demers ha vendido sus cincuenta cajas.

Ésa era la parte espeluznante de la venta: la distribución equitativa de los méritos entre todos los alumnos. Brian no sabía si era justo o no, pero no discutía los métodos. El hermano León estaba interesado en los resultados, y lo mismo le sucedía a Brian. Sin embargo, Brian no dejaba de sentirse incómodo con aquella situación. Hacía unos minutos había entrado Carter en el despacho con un puñado de dinero. Brian trató a

Carter con el mayor de los cuidados. Al fin y al cabo, era el jefe de los Vigils.

—Vale, tío —le había dicho Carter, arrojando el dinero, billetes mezclados con monedas, sobre la mesa—. Aquí están los ingresos. Setenta y cinco cajas vendidas... Ciento cincuenta dólares: Cuéntalo.

—De acuerdo.

Y Brian puso de inmediato manos a la obra bajo la mirada vigilante de Carter. Le temblaban los dedos al tiempo que se exigía a sí mismo no cometer errores. Tenían que ser ciento cincuenta. Exactos.

—Ni uno más ni uno menos —le informó Brian.

Y entonces vino la parte extraña.

—Déjame ver las tablas —dijo Carter.

Brian le entregó la lista por apellidos en la que cada uno tenía una serie de recuadros al lado en los que se iban anotando los ingresos según los entregaba, una lista que correspondía con la oficial colocada en los grandes carteles del salón de actos. Tras estudiarla durante unos minutos, Carter le dijo a Brian que atribuyese a una serie de estudiantes aquellos ingresos. Brian fue anotando al dictado de Carter: Huart, trece... DeLillo, nueve... Lemoine, dieciséis... Y así todos, hasta que hubo distribuido las setenta y cinco cajas entre siete u ocho alumnos.

—Esos tíos han trabajado duro en la venta de chocolate —le comentó Carter con una sonrisa de bobo—. Me quiero asegurar de que se les reconozca el mérito.

—De acuerdo —dijo Brian, sin hacer ninguna objeción.

Sabía, por supuesto, que ninguno de los alumnos escogidos por Carter había vendido aquel chocolate.

Pero ése no era su problema.

—¿Cuántos han llegado hoy a la cuota de cincuenta? —preguntó Carter.

Brian consultó las cuentas.

—Seis, contando a Huart y a Leblanc. Esa última venta que acaban de hacer les ha puesto a la cabeza — y Brian fue capaz de mantener un rostro absolutamente inexpresivo.

—¿Sabes una cosa, Cochran? Eres un chico listo. Un tipo duro. Y las pescas al vuelo.

¿Al vuelo? Qué demonios, llevaban toda la semana haciendo juegos malabares con la venta y Brian había estado dos días seguidos sin enterarse. Estuvo tentado de preguntarle ahora a Carter si la campaña se había convertido en un proyecto apadrinado por los Vigils, como si fuera una de las misiones de Archie Costello, pero al final decidió reprimir la curiosidad.

Antes de acabar la tarde, recibió los ingresos correspondientes a cuatrocientas setenta y cinco cajas. Todo en metálico, frío y duro metálico. Y los equipos seguían regresando al colegio entre bocinazos y la alegría y exaltación fruto del éxito.

Cuando llegó el hermano León, sacaron el total entre ambos y descubrieron que hasta ahora se habían vendido quince mil diez cajas de chocolate. Sólo les quedaban cinco mil más... o cuatro mil novecientas noventa para ser exactos, tal como le señaló el hermano León con su vocecilla metódica y quisquillosa. Pero León no supuso ningún problema ese día. También él parecía presa del vértigo, de la exaltación. Aquellos ojos húmedos echaban chispas con el éxito de las ventas.

Incluso llegó hasta el punto de tutear a Brian.

Cuando éste fue al salón de actos a anotar las últimas cifras, un puñado de alumnos entusiastas le aplaudieron según iba haciendo entradas. Nadie le había aplaudido nunca a Brian Cochran y se sintió como si fuera una estrella de fútbol, algo que no se hubiera imaginado ni en sueños.

Capítulo 30

Ya no había necesidad de pasar lista por lo del chocolate, porque la mayor parte de los alumnos le llevaban sus ingresos directamente a Brian Cochran al despacho. Pero el hermano León insistió de todas formas. El Cacahuete se dio cuenta de que el profesor ahora disfrutaba con el proceso, que lo convertía en toda una ceremonia. Leyó en voz alta las últimas ventas tal como las había recogido Brian Cochran, recitándolas delante de la clase al detalle, demorándose en cada apellido y cada cifra, sacándole todo el teatro y satisfacción que podía al asunto. Y, además tenía a sus lacayos, o a críos asustados como David Caroni, que cantaban en voz alta sus propios resultados en medio de la clase mientras León se regodeaba con los totales.

—Veamos, Hartnett —dijo León, meneando la cabeza de puro gozo y sorpresa—. El informe revela que ayer vendió usted quince cajas, acumulando un total de cuarenta y tres. ¡Maravilloso!

Y le había lanzado una mirada maliciosa a Jerry.

Todo aquello era ridículo, por supuesto, porque Hartnett no había vendido ni un solo chocolate. La venta la habían realizado los equipos que salían todas las tardes. Al colegio le había dado un ataque de chocolatitis. Pero no al Cacahuete. Como muestra de solidaridad con Jerry, había decidido no vender ni una sola caja más de chocolate, y su total había permanecido en veintisiete, sin cambios durante toda la semana. Era lo menos que podía hacer.

—Mallan —estaba diciendo León.

—Siete.

—Veamos, Mallan. Vaya, pero si eso lo coloca a usted en cuarenta y siete. Felicidades, Mallan. Estoy seguro de que podrá vender esas tres cajas hoy mismo.

El Cacahuete se encogió en su asiento. Ahora venía Parmentier. Y luego Jerry. Echó un vistazo en dirección a Jerry, y lo vio sentado muy erguido, como si tuviese ganas de que llegaran a su apellido.

—Parmentier.

—Siete.

—Parmentier, Parmentier —comentó León maravillado—. Eso lo coloca en... sí, maravilla de maravillas, ¡cincuenta! Ha cumplido usted con su cuota, Parmentier. ¡Bien hecho, bien hecho! Un aplauso, señores.

El Cacahuete hizo como que aplaudía. Era lo menos que podía hacer.

La pausa. Y entonces la voz de León cantando:

—¡Renault!

Ésa era la descripción exacta: cantando. Una voz exultante, lírica. El Cacahuete se dio cuenta de que a León ya no le importaba si Jerry vendía o dejaba de vender chocolate.

—No —respondió Jerry.

Y su voz sonó clara y fuerte, con un eco victorioso.

Tal vez podrían acabar ganando los dos. Tal vez finalmente se podría evitar un enfrentamiento personal. La venta estaba tocando a su fin. El asunto terminaría en tablas y acabaría por pasar al olvido, perdido entre otras actividades escolares.

—Hermano León.

Todas las miradas se dirigieron a Harold Darcy, que era quien acababa de hablar.

—Sí, Harold.

—¿Puedo hacer una pregunta?

El profesor frunció el ceño. Se lo había estado pasando tan bien que aquella interrupción era un fastidio.

—Sí, claro, Darcy.

—¿Querría usted preguntarle a Renault por qué no vende chocolate como hacen todos los demás?

Se oyó el sonido de un claxon a dos o tres manzanas de distancia. El hermano León se puso a la defensiva.

—¿Para qué lo quiere saber? —le preguntó.

—Creo que tengo derecho a saberlo. Que todo el mundo tiene derecho a saberlo.

Y miró a su alrededor en busca de apoyo.

—Sí, señor —exclamó alguien.

—Todo el mundo cumple con su parte, ¿por qué no Renault? —dijo Darcy.

—¿Le importaría responder a eso, Renault? —dijo León, y aquellos ojos húmedos relucieron con una malicia inconfundible.

Jerry vaciló, ruborizándose.

—Vivimos en un país libre —dijo.

Aquellas palabras provocaron una oleada de risas. Alguien lo abucheó. El hermano León parecía absolutamente encantado y al Cacahuete le entraron náuseas.

—Me temo que tendrá que ser mucho más original, Renault —dijo el hermano León, actuando ante toda la clase, como de costumbre.

El Cacahuete pudo ver cómo se le agolpaba la sangre en las mejillas a Jerry. También percibió un cambio en la clase, una sutil alteración del estado de ánimo y de la atmósfera. Hasta el pase de lista de hoy, la clase se había mantenido neutral, indiferente hacia la postura de Jerry, con una actitud de vive y deja vivir. Hoy, sin embargo, el ambiente estaba cargado de rencor. Más que rencor, hostilidad. Harold Darcy, por ejemplo. Normalmente era un tipo del montón. Se preocupaba de lo suyo, sin el menor asomo de cruzado ni de ningún fanatismo. Y de repente, ahí estaba, desafiando a Jerry.

—¿No había dicho usted que la venta era voluntaria, hermano León? —preguntó Jerry.

—Sí —dijo el profesor, controlándose, como si deseara pasar inadvertido, dejar que Jerry se traicionara a sí mismo con sus propias palabras.

—En ese caso, creo que no tengo por qué vender chocolate.

Una oleada de rencor recorrió la clase.

—¿Es que te crees que eres mejor que nosotros? —le soltó Darcy a la cara.

—No.

—¿Y entonces quién te has creído que eres? —preguntó Phil Beauvais.

—Soy Jerry Renault y no pienso vender chocolate.

"Maldita sea", pensó el Cacahuete. "¿Por qué no cedía un poco? Sólo un poco".

Sonó el timbre. Por un instante, los alumnos se quedaron allí sentados, esperando, conscientes de que el tema no había quedado zanjado. Había algo siniestro en aquella espera. De repente, pasó el momento y los alumnos comenzaron a echar las sillas hacia atrás, a levantarse de los pupitres, con el ruido de costumbre. Nadie miró a Jerry Renault. Para cuando el Cacahuete llegó a la puerta, Jerry estaba ya dirigiéndose rápidamente a la próxima clase. Un gran grupo de alumnos, Harold Darcy entre ellos, se había quedado en el pasillo con cara de pocos amigos, observando la marcha de Jerry hacia el vestíbulo.

A última hora de esa misma tarde, el Cacahuete se encontró caminando en dirección al salón de actos, atraído por gritos y hurras. Se quedó en el fondo del salón, observando a Brian Cochran anotar los últimos ingresos. Debía de haber cincuenta o sesenta tíos allí reunidos, algo nada habitual a esa hora del día. Cada vez que Cochran anotaba una nueva cifra, la gente lanzaba hurras, capitaneados, por increíble que parezca, por el matón de Carter, que probablemente no había vendido ni un solo chocolate, sino que habría obligado a otros a que le hicieran el trabajo sucio.

Brian Cochran consultó una hoja de papel que llevaba en la mano y fue a uno de los tres grandes tablones. Junto al nombre de Roland Goubert escribió el número cincuenta.

Durante unos instantes, al Cacahuete no se le ocurrió pensar quién podía ser aquel Roland Goubert. Se quedó mirando, fascinado, incrédulo. Y de repente: "¡Eh, pero si ése soy yo!"

—El Cacahuete ha vendido sus cincuenta cajas exclamó alguien.

Hurras, aplausos y silbidos ensordecedores.

El Cacahuete hizo un gesto de avanzar para protestar. Sólo había vendido veintisiete cajas, con un carajo.

Se había parado en veintisiete para demostrar que apoyaba a Jerry, incluso aunque no lo supiera nadie, ni el propio Jerry siquiera. Y ahora todo el asunto se había acabado y él estaba ocultándose entre las sombras, como si pudiera encogerse hasta volverse invisible. No quería problemas. Había tenido problemas más que de sobra y sin embargo había aguantado. Pero sabía que tendría los días contados en Trinity si se acercaba a aquel grupo de tipos alborozados y les decía que borrasen el cincuenta de al lado de su nombre.

Afuera, en el pasillo, al Cacahuete se le aceleró la respiración. Pero por lo demás no sintió nada. Se obligó a no sentir nada. No se sentía asqueado. No se sentía como un traidor. No se sentía pequeño y cobardica. ¿Y si no se sentía nada de eso, entonces por qué no paró de llorar camino a su armario?

Capítulo 31

—¿A qué vienen tantas prisas, tío?

La voz le resultaba conocida: era la voz de todos los matones de este mundo, la de Harvey Cranch, que esperaba a Jerry fuera de clase cuando estaba en tercero de primaria en St. John's, y la de Eddie Herman, el del campamento de verano, que se regodeaba en aplicar pequeñas torturas a los más pequeños, y la del desconocido que un verano lo había tumbado de un puñetazo en el circo y le había quitado la entrada. Ésa era la voz que le hablaba ahora: la voz de todos los matones y alborotadores y listillos de este mundo. Burlona, provocativa, pastosa y ávida de problemas. "¿A qué vienen tantas prisas, tío?" La voz del enemigo.

Jerry lo miró. Estaba ante él en postura desafiante, con los pies firmemente plantados en tierra, las piernas ligeramente separadas, las manos pegadas a los lados de las piernas, como si llevara dos pistoleras y estuviera a punto de desenfundar, o como si fuese un experto de karate con manos dispuestas a lanzar tajadas a diestro y siniestro. Jerry no tenía ni idea de karate, salvo en sus fantasías más locas, en las que destrozaba a sus enemigos sin piedad.

—Te he hecho una pregunta —le dijo.

Jerry lo reconoció de repente. Era un listillo que se llamaba Janza. Un azote de los de primero, alguien a quien se debía evitar.

—Ya sé que me has hecho una pregunta —dijo

Jerry con un suspiro, consciente de lo que se le echaba encima.

—¿Qué pregunta?

Allá vamos. La pulla, el principio del eterno juego del gato y del ratón.

—La pregunta que me has hecho —contraatacó Jerry, aunque sabedor de la inutilidad de todo.

Dijera lo que dijese y de cualquier modo en que lo dijera, Janza estaba buscando una excusa y acabaría por encontrarla.

—¿Y cuál era?

—Querías saber por qué tenía tanta prisa.

Janza sonrió tras salirse con la suya, tras haber ganado su pequeña victoria. Esbozó una sonrisa de autosuficiencia, una sonrisa de íntimo conocimiento, como si estuviera al corriente de todos los secretos de Jerry, de un montón de marranadas suyas.

—¿Sabes qué? —le preguntó Janza.

Jerry aguardó.

—Pareces un listillo —le dijo Janza.

¿Por qué tenían los listillos que acusar siempre a los demás de ser unos listillos?

—¿Qué te hace pensar que soy un listillo? —preguntó Jerry, tratando de ganar tiempo con la esperanza de que apareciera alguien por allí.

Se acordó del señor Phanaeuf, que lo había salvado en una ocasión en que Harvey Cranch lo tenía arrinconado cerca del granero del anciano. Pero ahora no había nadie cerca. El entrenamiento de fútbol había sido un desastre. No había dado un solo pase bueno y el entrenador había acabado por decirle que se marchara: "Hoy no es tu día, Renault, vete a la ducha".

Al darle la espalda al entrenador, Jerry había visto risitas disimuladas, fugaces sonrisas en los rostros de los otros jugadores, y había comprendido la verdad. Habían desaprovechado sus pases a propósito y se habían negado a bloquear. Ahora que el Cacahuete había dejado el equipo, no quedaba nadie en quien confiar. Más paranoia, se acusó a sí mismo, mientras recorría con desgano el sendero que comunicaba el campo de fútbol con el gimnasio. Y se había topado con Janza, que debería haber estado allá afuera entrenando, pero que se había quedado a esperarle.

—¿Que por qué creo que eres un listillo? —preguntó Janza—. Porque vas de pose, tío. Porque intentas pasar desapercibido dándotelas de sincero. Pero a mí no me engañas. Yo sé que lo tuyo son los rincones oscuros.

Y Janza sonrió, con una sonrisa de conocimiento, de complicidad, de miedo, de "esto es sólo entre tú y yo".

—¿Qué quieres decir con eso de los rincones oscuros?

Janza se rió, encantado, y le tocó la mejilla a Jerry con la mano, un contacto breve y suave, como si fueran viejos amigos enfrascados en una conversación amistosa en una tarde de octubre, mientras las hojas revoloteaban a su alrededor como una gigantesca fiesta de confeti volando a merced de la brisa creciente. Jerry creía comprender el significado de la palmadita de Janza. Estaba ávido de acción, de contacto, de violencia. Y se estaba impacientando. Pero no quería ser él quien empezase la pelea. Quería provocar a Jerry para que diese el primer paso. Era la forma habitual en que operaban los matones para que nadie les echase la culpa después de la degollina. "Fue él quien empezó", dirían. Por extraño que parezca, Jerry tenía la sensación de que era de veras capaz de ganarle a Janza en una pelea. Podía sentir cómo se le acumulaba una ira que le prometía fuerza y resistencia. Pero no quería pelearse. No quería volver a la violencia de primaria, al alto honor del patio de colegio que no tenía nada de honor, la necesidad de demostrar la propia valía en forma de narices ensangrentadas, ojos morados y dientes rotos. Sobre todo, no quería pelear por la misma razón que no vendía chocolate: quería ser el responsable de sus propias decisiones, el que hacía lo que debía hacer, como se solía decir.

—A esto es a lo que me refiero cuando digo "rincones oscuros" —le dijo Janza, al tiempo que volvía a extender la mano y a tocar la mejilla de Jerry, pero demorándose en esta ocasión durante una fracción de segundo, hasta convertir el contacto en una tenue caricia—. Que te escondes en ellos.

—¿Que escondo qué? ¿Que me escondo de quién?

—De todo el mundo. Incluso de ti mismo. Ahí es donde escondes ese secreto tan negro.

—¿Qué secreto? —preguntó, confuso.

—Que eres un mariquita. Un afeminado. Que lo tuyo son los rincones oscuros, donde escondes ese lado tuyo.

Jerry sintió que las náuseas le subían a la garganta, un torbellino de vómitos que tuvo que esforzarse mucho por reprimir.

—Eh, te estás sonrojando —dijo Janza—. El mariquita se sonroja...

—Escucha... —comenzó a decir Jerry, pero sin saber realmente ni cómo ni por dónde comenzar.

Lo peor que podía pasar en el mundo, que te llamasen marica.

—Escucha *tú* —dijo Janza, ahora tranquilo, sabedor de que había hecho blanco en un punto débil—. Estás contaminando a todo Trinity. Te niegas a vender el chocolate como hace todo el mundo y ahora va y resulta que descubrimos que eres mariquita —Janza meneó la cabeza remedando una admiración exagerada—. Eres todo un caso, no sé si lo sabías. Trinity tiene pruebas y formas de eliminar a los homosexuales, pero tú eres tan listo que te las has arreglado para pasar desapercibido, ¿verdad? Debes de estar corriéndote diez veces al día. Qué maravilla, cuatrocientos cuerpos jóvenes para frotarse...

—No soy mariquita —exclamó Jerry.

—Dame un beso —le dijo Janza, frunciendo los labios de una forma grotesca.

—Hijo de puta —dijo Jerry.

Las palabras se quedaron suspendidas en el aire, como pendones verbales de la batalla. Y Janza soltó una sonrisa radiante de triunfo. Aquello era lo que había estado buscando todo el rato, por supuesto. Aquélla era la única razón del encuentro, de los insultos.

—¿Qué me has llamado? —preguntó Janza.

—Hijo de puta —dijo Jerry, pronunciando despacio, vocalizando con nitidez, ansioso, ahora sí, de empezar la pelea.

Janza echó la cabeza hacia atrás y soltó una carcajada. La risa sorprendió a Jerry. Había esperado represalias. En lugar de eso, Janza se quedó allí parado, absolutamente en reposo, con las manos sobre las caderas, pasándoselo en grande.

Y entonces los vio. Tres o cuatro que salían de entre los arbustos y el follaje, corriendo agachados, manteniéndose ocultos. Eran pequeños, como pigmeos, y avanzaban sobre él con tanta rapidez que no tuvo ocasión de verlos bien, tan sólo una mancha de rostros sonrientes, de sonrisas malignas. Y ahora venían más, cinco o seis más, que habían aparecido de detrás de un grupo de pinos. Antes de que Jerry pudiese prepararse para la pelea, antes incluso de que pudiera levantar los brazos para defenderse, los tuvo encima como un enjambre de avispas, golpeándole arriba y abajo, tirándolo al suelo como si él fuera una especie de Gulliver indefenso y ellos los cientos de hombrecillos del relato. Una docena de puños comenzaron a machacarle el cuerpo, unas uñas le rasgaron la mejilla y un dedo se lanzó como una zarpa hacia su ojo. Querían cegarlo. Querían matarlo. Una punzada de dolor en la ingle. Alguien le había dado una patada ahí. Le llovían los golpes sin piedad, sin tregua, y Jerry trató de hacerse un ovillo y encogerse, de ocultar el rostro, pero alguien le estaba golpeando la cabeza con una furia desbocada, "parad", otra patada en la ingle y ya no pudo contener los vómitos. Eran incontenibles e intentó abrir la boca para dejarlos salir disparados. Cuando devolvió, lo dejaron. Alguien gritó "joder" con asco y se retiraron. Pudo oír sus jadeos, las zancadas que se alejaban, pero uno se quedó un momento para darle otra patada, esta vez en los riñones, la última oleada de dolor, que corrió un telón negro sobre sus ojos.

Capítulo 32

Consuelo, el consuelo de la oscuridad: estaba a salvo. La oscuridad y la seguridad y la calma. No se atrevía a moverse. Tenía miedo de que se le descoyuntara el cuerpo, de que los huesos se le derramasen fuera del cuerpo, como un edificio que se derrumba, como una empalizada que se hace añicos. Un ruidito le llegó a los oídos y se dio cuenta de que lo había hecho él, que canturreaba por lo bajo, como si se estuviese cantando una nana a sí mismo. De repente, echó de menos a su madre. Su ausencia le bañó de lágrimas las mejillas. No había derramado ni una lágrima por la paliza: se había quedado allí tumbado durante unos instantes tras el breve desmayo y luego se había levantado como había podido y se había arrastrado de mala manera hasta su armario. Había sido como caminar por la cuerda floja, como si un mal paso lo pudiera hacer caer estrepitosamente en las profundidades del abismo, en el olvido de la inconsciencia. Se había lavado. Sintió el agua fría como uñas líquidas que le inflamaban los arañazos del rostro. No voy a vender ese chocolate suyo por muchas palizas que me den. Y no soy mariquita, ni afeminado. Se había marchado a escondidas del colegio porque no queria que nadie presenciase su dolorosa travesía calle abajo hasta la parada del autobús. Se subió el cuello del abrigo, como si fuera un criminal, como los hombres que sacaban en las noticias entrando en los tribunales. Era gracioso. Cometían un acto de violencia contra ti, pero eras tú el que tenías que esconderte, como si el criminal fueses tú. Se escabulló hasta la parte de atrás del autobús, aliviado al comprobar que no era uno de los autobuses atestados de la escuela, sino otro sin marcas que aparecía de vez en cuando. El autobús estaba lleno de gente mayor, viejas con permanentes azuladas que llevaban grandes bolsas y fingían no verle, que apartaban la vista según iba pasando con andar cuidadoso hacia el fondo, pero que fruncían el ceño al percibir el olor a vómitos que despedía Jerry. De algún modo, logró llegar a casa a pesar del traqueteo del autobús y logró llegar a aquella habitación silenciosa en la que estaba sentado ahora, mientras el sol se desangraba rozando el horizonte y lanzando a chorros el contenido de sus venas por la ventana del estudio. La penumbra se abrió paso. Al cabo del rato, tomó un baño caliente, un largo baño caliente. Luego, se quedó sentado en la oscuridad, en silencio, dejando que el cuerpo se le fuese arreglando, sin mover un dedo, sintiendo una sorda punzada que se le instalaba en los huesos ahora que las primeras oleadas de dolor habían pasado. El reloj dio las seis. Se alegraba de que su padre tuviese turno de tarde hasta las once. No quería que lo viese con aquellas heridas abiertas en el rostro, con los cardenales. Vete al dormitorio, se ordenó, desvístete, acurrúcate en esas sábanas tan frescas, dile que llegaste a casa sintiéndote mal, seguramente un virus, esa gripe de veinticuatro horas, y no dejes que te vea la cara.

Sonó el teléfono.

No, ahora no, protestó.

Dejadme en paz.

Seguía sonando, burlándose de él como lo había hecho Janza.

Let it be, déjalo estar, como cantaban los Beatles.

Seguía sonando.

Y de repente comprendió que tenía que contestar. Esta vez no querían que contestase. Querían pensar que estaba imposibilitado, herido, incapacitado para llegar al teléfono.

Jerry se levantó de la cama, sorprendido de su propia movilidad, y atravesó el salón para llegar al teléfono. "No dejes de sonar ahora", se dijo, "no dejes de sonar. Quiero demostrárselo".

—Diga —contestó, imprimiéndole fuerza a la voz.

Silencio.

—¡Estoy aquí! —dijo, gritando cada palabra.

Silencio otra vez. Luego, aquella risita indecente. Y después, el pitido del teléfono.

—Jerry... eh, Jerry...

—Uuu, Jerry...

El apartamento que Jerry ocupaba con su padre estaba en un tercer piso y las voces que gritaban su nombre le llegaron sin fuerza, casi incapaces de traspasar las ventanas cerradas. Aquel aire remoto también les confería a las voces una resonancia fantasmal, como de ultratumba. De hecho, al principio no había estado seguro de que fuera su nombre el que pronunciaban. Cuando oyó las voces, estaba recostado ante la mesa de la cocina, obligándose a tomar a sorbos una sopa de pollo enlatada, y pensó que eran niños jugando en la calle. Luego los oyó con claridad:

—Eh, Jerry...

—¿Qué haces, Jerry?

—Sal a jugar, Jerry.

Voces fantasmales salidas del pasado que le recordaban cuando era un crío y los niños del barrio acudían a la puerta trasera y le llamaban para que saliera a jugar. Aquello había sido en los tiempos dorados en que sus padres y él vivían juntos, en la casa con el gran patio trasero y un jardincillo delante que su padre nunca se cansaba de segar y regar.

—Eh, Jerry...

Pero las voces que lo llamaban ahora no eran las voces amistosas de después de cenar, sino voces nocturnas: hirientes, burlonas y amenazadoras.

Jerry fue al salón y miró con cautela, teniendo buen cuidado de que no lo vieran. La calle estaba desierta salvo por un par de coches aparcados. Y las voces seguían con su cantinela.

—Jerry...

—Sal a jugar, Jerry...

Una parodia de aquellos ruegos infantiles ya tan lejanos en el tiempo.

Al volver a escrutar la calle, Jerry vio una estrella fugaz en reversa. Algo rasgó la oscuridad y oyó el ruido sordo de una piedra, no de ninguna estrella, que alcanzaba el muro del edificio cerca de la ventana.

—Uuu, Jerry...

Entrecerró los ojos para ver mejor la calle, pero aquellos chicos estaban bien escondidos. Entonces vio un chorro de luz que recorría los árboles y el follaje del otro lado de la calle. Un rostro pálido se iluminó en la oscuridad al tiempo que el rayo de una linterna lo cazaba y retenía por un instante. El rostro desapareció en la noche. Jerry reconoció el andar pesado del portero del edificio, al que evidentemente las voces habían acabado por sacar de su piso del sótano. Era la luz de su linterna la que recorría la calle.

—¿Quién anda ahí? —exclamó—. Voy a llamar a la policía...

—Adiós, Jerry —gritó una voz.

—Hasta luego, Jerry.

Y se desvanecieron en la oscuridad.

El teléfono abrió una brecha en la noche. Jerry salió de su sueño a tientas, buscando la fuente de aquel sonido. Se despertó de inmediato y echó un vistazo a la esfera luminosa del despertador. Las dos y media.

Con un doloroso esfuerzo, entre protestas de músculos y huesos, se levantó del colchón y se apoyó en un codo para impulsarse y salir de la cama.

Los timbrazos seguían insistente, ridículamente fuertes en la quietud de la noche. Los pies de Jerry tocaron el suelo y se dirigió en silencio hacia el sonido.

Pero su padre ya estaba al teléfono. Miró hacia Jerry y éste dio un paso atrás para quedarse entre las sombras y ocultar el rostro.

—Los locos andan sueltos por el mundo —murmuró su padre, allí de pie, con la mano sobre el teléfono—. Si lo dejas sonar, se lo pasan en grande. Si contestas, te cuelgan y siguen pasándoselo en grande. Y siempre vuelven a la carga.

Aquel acoso se había cobrado su precio en el rostro de su padre, en los cabellos desordenados y en las ojeras de color violáceo.

—Deja el teléfono descolgado, papá.

Su padre suspiró y asintió con la cabeza.

—Eso sería ceder ante ellos, Jerry. Pero qué demonios. ¿Quiénes son *ellos*, ya que estamos?

Su padre descolgó el teléfono y se lo llevó a la oreja por un instante. Luego se giró hacia Jerry.

—Es lo de siempre, esa risa loca y luego el pitido del teléfono —y lo dejó descolgado sobre la mesa—. Hablaré con los de la compañía telefónica por la mañana —y, escrutando a Jerry, le preguntó—: ¿y tú, qué tal estás?

—Bien. Estoy bien.

Su padre se frotó los ojos cansado.

—Vete a dormir un poco, Jerry. Los jugadores de fútbol necesitan dormir —trataba de no darle importancia al asunto.

—Vale, papá.

Jerry se sintió abrumado de compasión por su padre. ¿Debería decirle de qué iba el asunto? Pero no quería implicarlo. Su padre se había rendido, había dejado descolgado el teléfono, y ésa ya era derrota suficiente. No quería que se arriesgara a otras.

De vuelta en la cama, sintiéndose pequeño en la oscuridad, Jerry se obligó a soltarse físicamente, a relajarse. Al rato, el sueño lo atrapó con suaves dedos, haciendo que se desvaneciera el dolor. Pero el teléfono siguió sonando en sueños durante toda la noche.

Capítulo 33

—Janza, ¿es que no eres capaz de hacer una a derechas?

—¿De qué hostias estás hablando? Para cuando acabamos con él, debía de estar dispuesto a vender un millón de cajas de chocolate.

—Me refiero a esos tíos. No te dije que lo convirtieras en un linchamiento.

—Eso fue un detalle genial, Archie. A mí me parece que lo fue. Mejor que la paliza se la den un montón de muchachos. Es el toque psicológico... ¿No es de eso de lo que siempre estás hablando?

—¿Y de dónde los sacaste? No quiero a extraños envueltos en este asunto.

—Son unos bestias de mi barrio. Le darían una paliza a su propia abuela por un cuarto de dólar.

—¿Le soltaste la pulla del afeminado?

—Tenías razón, Archie. La idea fue genial. Cuando se lo dije, se puso que se subía por las paredes. Eh, Archie, ¿no es marica, verdad?

—Claro que no. Por eso se le fue la cabeza. Si quieres darle a un tío donde más le duele, acúsale de ser algo que no sea. Si no, sólo le estarás diciendo algo que ya sabe.

El silencio que reinó en el teléfono era señal de la admiración que sentía Emile por la genialidad de Archie.

—¿Y qué va a pasar ahora, Archie?

—Vamos a dejar que el asunto se enfríe, Emile. Prefiero tenerte en reserva. Ahora hay ya otras cosas en marcha.

—Justo cuando empezaba a pasármelo bien.

—Habrá otras ocasiones, Emile.

—Oye, Archie.

—Sí, Emile.

—¿Qué pasa con la foto?

—¿Y si te dijera que la foto no existe? Que no había película en la cámara aquel día...

Uuf, cómo era Archie. Siempre lleno de sorpresas. ¿Pero no estaría tomándole el pelo? ¿Sería verdad?

—No sé qué decirte, Archie.

—Emile, aguanta a mi lado. De principio a fin. Y todo te irá bien. Nos hacen falta hombres como tú.

Emile se hinchó de orgullo. ¿Se estaría refiriendo a los Vigils? ¿Y sería verdad que no existía ninguna foto? ¡Qué alivio sería!

—Puedes contar conmigo, Archie.

—Ya lo sé, Emile.

Pero, después de colgar, lo que Emile pensó fue: "Archie, qué hijo de puta".

Capítulo 34

De repente se había vuelto invisible, incorpóreo, inmaterial, como un fantasma transparente discurriendo por el tiempo. Lo había descubierto en el autobús del colegio. Las miradas evitaban la suya. Apartaban la vista. Los chicos daban rodeos para no encontrarse con él. Se desentendían de él como si no existiese. Y se dio cuenta de que realmente no existía en lo que a ellos se refería. Era como si fuese portador de una enfermedad terrible y nadie quisiese contagiarse. Así que lo volvieron invisible, lo eliminaron de su presencia. Durante todo el camino a la escuela fue sentado solo, con la mejilla herida apretada contra el fresco cristal de la ventana.

El frío de la mañana le hizo apresurarse por el sendero que llevaba a la entrada de la escuela. Vio a Tony Santucci. Por puro instinto, Jerry lo saludó con un movimiento de la cabeza. El rostro de Tony solía ser como un espejo que reflejaba lo que le venía: sonrisa por sonrisa y ceño fruncido por ceño fruncido. Pero ahora se quedó mirándolo fijamente. Aunque no mirándolo fijamente. En realidad no miraba a Jerry, sino a través de él, como si Jerry fuera una ventana, una puerta abierta. Y, después, Tony Santucci salió corriendo hacia la escuela.

El avance de Jerry por el pasillo fue como la división de las aguas del Mar Rojo. Nadie quería rozar con él. La gente se apartaba, abriéndole el paso como si reaccionaran a una señal secreta. Jerry tuvo la impresión de que podía atravesar un muro y emerger intacto al otro lado.

Abrió su armario. El caos había desaparecido. Habían retirado el póster profanado y limpiado y frotado la pared. Las zapatillas ya no estaban allí. El armario tenía un aire ausente, como de estar desocupado. "Tal vez debería mirarme en un espejo, asegurarme de que sigo existiendo", pensó Jerry. Pero seguía existiendo, sin duda. La mejilla seguía lanzándole punzadas de dolor. Mientras contemplaba fijamente el interior del armario como quien escruta un féretro puesto en pie, tuvo la sensación de que alguien estaba tratando de borrarlo del mapa, de retirar todas las huellas de su existencia, de su presencia en el colegio. Pero, ¿no se estaría volviendo paranoico?

En las clases, los profesores también parecían tomar parte en la conspiración. Sus miradas resbalaban sobre él y apartaban la vista cuando Jerry intentaba llamar su atención. Una vez agitó la mano frenéticamente para responder a una pregunta, pero el profesor no le hizo caso. Sin embargo, era difícil estar seguro de nada cuando se trataba de los profesores. Eran seres misteriosos, capaces de percibir que pasaba algo raro. Como hoy. Si los alumnos le estaban haciendo el vacío a Renault, sería mejor seguirles el juego.

Tras resignarse a aquel vacío, Jerry siguió avanzando a la deriva por la jornada escolar. Al cabo de un tiempo empezó a disfrutar de su invisibilidad. Pudo relajarse. Ya no había necesidad de mantenerse en guardia ni de temer ningún ataque. Estaba cansado de tanto temor, cansado de tanta intimidación.

En los intervalos entre clases, Jerry buscó al Cacahuete, pero no lo encontró. El Cacahuete le hubiera devuelto el sentido de la realidad, le hubiera permitido a Jerry volver a poner los pies en el suelo con firmeza. Pero no había venido al colegio y Jerry pensó que tanto mejor. No quería cargar a nadie con sus problemas. Bastaba y sobraba con que las llamadas de teléfono hubiesen implicado a su padre. Pensó en su padre, allí de pie junto al teléfono anoche, acosado por los timbrazos insistentes, y pensó que al final resultaba que debería haber vendido el chocolate. No quería que nadie turbara el universo de su padre y quería que en el suyo se restaurase el orden.

Después de la última clase de la mañana, Jerry avanzó libremente por el pasillo en dirección a la cafetería, dejándose llevar por la multitud, disfrutando de su ausencia de identidad. Al acercarse a las escaleras, sintió que lo empujaban por detrás y lo hacían perder el equilibrio. Empezó a caerse al tiempo que las escaleras se inclinaban peligrosamente hacia él. De algún modo, se las arregló para cogerse a la barandilla. Allí se quedó agarrado, apretando el cuerpo contra la pared. Al pasar la avalancha de gente, oyó una risita burlona y un siseo.

Y supo que ya había dejado de ser invisible.

El hermano León entró en el despacho en el instante en que Brian Cochran finalizaba su último cálculo. Se acabó. El último total de la serie. Levantó la vista hacia el profesor, encantado de lo oportuna que había sido su llegada.

—Hermano León, se acabó —proclamó Brian con un eco victorioso en la voz.

El profesor parpadeó rápidamente, con el rostro convertido en una caja registradora estropeada.

—¿Se acabó?

La venta —dijo Brian al tiempo que dejaba caer la hoja de papel con un golpe—. Se terminó. Se acabó.

Brian se quedó mirando cómo asimilaba León aquella noticia. El profesor respiró profundamente y se dejó caer en su silla. Por un instante, Brian observó una oleada de alivio que barría el rostro de León, como si acabaran de liberarle de un peso enorme. Pero no fue más que una visión fugaz. El hermano le lanzó una mirada escrutadora a Brian.

—¿Está usted seguro?

—Completamente. Y escuche, hermano. El dinero... es asombroso. Han ingresado ya el noventa y ocho por ciento.

—Vamos a comprobar las cifras —dijo León al tiempo que se levantaba.

Brian sintió una oleada de ira. ¿Es que aquel profesor no podía aflojar ni por un instante? ¿Acaso era incapaz de decir "buen trabajo" o "gracias a Dios"? ¿O cualquier otra cosa? Y en lugar de eso: "Vamos a comprobar las cifras".

El aliento rancio de León ("¿Es que nunca comía otra cosa que no fueran huevos con tocino, por Dios santo?") llenó el aire cuando se puso al lado de Brian para examinar las tablas.

—Sólo hay una cosa —dijo Brian, vacilando sobre si debía sacar el asunto a colación.

León percibió el tono de duda en la voz del muchacho.

—¿Qué pasa? —le preguntó, más enfadado que curioso, como si previera algún error de Brian.

—Es ese de primero, hermano León.

—¿Renault? ¿Qué le pasa?

—Bueno, pues que sigue sin vender su chocolate. Y que es raro, rarísimo.

—¿Qué es tan raro, Cochran? Ese chico es evidentemente un inadaptado. Ha intentado de un modo mezquino e ineficaz perjudicar las ventas y lo que ha conseguido es lo contrario. El colegio se ha unido contra él.

—Pero sigue siendo raro. El total de ventas asciende exactamente a diecinueve mil novecientas cincuenta cajas. Ni una más ni una menos. Y eso es prácticamente imposible. O sea, que siempre hay alguna pérdida, cajas que se extravían o son robadas. Es imposible justificar todas y cada una de las cajas. Pero ahora resulta que están absolutamente todas. Sólo faltan exactamente cincuenta cajas... las cincuenta de Renault.

—Si Renault no las ha vendido, entonces resulta obvio que no están vendidas. Y ésa es la razón de que falten cincuenta cajas —dijo León con voz pausada, como si Brian tuviese cinco años.

Brian se dio cuenta de que el hermano León no quería reconocer la verdad. Sólo estaba interesado en los resultados de la venta, en saber que las otras diecinueve mil novecientas cincuenta cajas se habían vendido y que él se había librado de una buena. Probablemente lo ascenderían, lo nombrarían director. Brian se alegraba de saber que no estaría allí al año siguiente, sobre todo si León se convertía en director permanente.

—¿No se da usted cuenta de lo que importa en este caso, Cochran?—le preguntó León, adoptando la voz que ponía en clase—. El espíritu de la escuela. Hemos refutado una ley natural: una manzana podrida no estropea la caja entera. No si contamos con nuestra determinación, una causa noble, un espíritu fraternal...

Brian suspiró al tiempo que se miraba las manos, desconectándose de León, dejando que las palabras le entrasen por un oído y le salieran por el otro. Pensó en Renault, aquel tío extraño y obstinado. ¿Iba a resultar que León tenía razón? ¿Que el colegio era más importante que cualquier chico aislado? ¿Pero acaso no eran también importantes los individuos? Pensó en Renault, allí solo contra el colegio, contra los Vigils, contra el mundo entero.

"Bah, a la mierda", pensó Brian mientras la cantinela de León seguía su marcha llena de santurronería. Ya no más ventas, ya no más cargos de tesorero. Ya no tendría que vérselas ni con León ni con Archie ni con Renault siquiera. Gracias le sean dadas a Dios por las pequeñas mercedes que nos concede.

—¿**H**as apartado esas cincuenta cajas, Obie?

—Sí, Archie.

—Genial.

—¿De qué va la cosa, Archie?

—Vamos a celebrar una asamblea, Obie. Mañana por la noche. Una asamblea especial. Para informar sobre la venta de chocolate. En la pista de atletismo.

—¿Por qué en la pista de atletismo, Archie? ¿Por qué no en el colegio?

—Porque esta asamblea es estrictamente sólo para el alumnado, Obie. Los hermanos no tienen nada que ver. Pero todos los demás estarán presentes.

—¿Todos?

—Todos.

—¿Y Renault?

—Estará presente, Obie estará, presente.

—Eres de lo que no hay, Archie; no sé si lo sabías.

—Ya lo sabía, Obie.

—Perdóname si te lo pregunto, Archie...

—Pregunta lo que quieras.

—¿Para qué quieres que esté Renault?

—Para darle una oportunidad. La oportunidad de librarse de su chocolate, colega.

—Yo no soy tu colega, Archie.

—Ya lo sabía, Obie.

—¿Y cómo se va a librar Renault de su chocolate?

—Va a rifarlo.

—¿A rifarlo?

—A rifarlo, Obie.

Capítulo 35

¡Una rifa, por todos los santos!

¡Pero menuda rifa!

Una rifa como no había habido otra en la historia de Trinity, en la historia de ningún colegio.

Archie, el planificador del acontecimiento, observaba su desarrollo: el estadio que se iba llenando, los muchachos entrando en tropel, los boletos vendiéndose, pasando de mano en mano, las luces que disipaban parte del fresco de la noche otoñal. Archie se había apostado cerca del escenario improvisado aquella tarde por Carter y los Vigils bajo su propia supervisión: un antiguo cuadrilátero de boxeo rescatado de entre las entrañas del graderío y restaurado a su antiguo uso, salvo por la ausencia de cuerdas. La plataforma se encontraba justo sobre la línea de cincuenta yardas, cerca de los asientos, para que hasta el último de los muchachos pudiera verlo todo y no se perdiera ni ripio. Así era Archie. Quien paga, manda; y el espectáculo no podía decepcionarlos.

La pista de atletismo estaba a unos quinientos metros del colegio y de la residencia de los hermanos. Pero Archie no había querido correr riesgos. Había disfrazado el acontecimiento de campeonato de fútbol, exclusivamente para alumnos, sin la inhibición que supondría la presencia de profesores. Lo habían organizado de modo que Caroni, el crío de cara de ángel, fuera a pedir permiso. Caroni, que parecía recién salido de un coro de iglesia. ¿Qué profesor podría negárselo? Y ahora se acercaba el momento decisivo. Los muchachos iban llegando, la atmósfera era fresca y vivificante, la emoción era un estremecimiento presente en toda la multitud... y Renault y Janza se encontraban en el cuadrilátero, lanzándose miradas llenas de tensión.

Archie siempre se maravillaba al ver cosas así, cosas que había arreglado y manipulado él mismo. Por ejemplo, todos aquellos tíos estarían haciendo otra cosa esta noche de no ser porque Archie había sido capaz de alterar su comportamiento. Y lo único que había hecho falta había sido un poco de imaginación y dos llamadas telefónicas por parte de Archie.

La primera llamada había sido a Renault; la segunda a Janza. Pero la de Janza fue una simple cuestión de fórmulas. Archie sabía que podía moldear el comportamiento de Janza como quien moldea un trozo de arcilla. Pero la llamada a Renault había exigido un buen movimiento de piezas, imaginación y un pequeño toque nocturno por parte de Archie. Shakespeare en persona, pensó Archie con una risita.

El teléfono debió de sonar, pues, unas cincuenta veces y Archie no le había echado ninguna culpa al crío por no ir corriendo a descolgarlo. Pero la insistencia produjo sus frutos y finalmente tuvo a Renault al otro lado de la línea y pudo oír un suave "diga", con voz tranquila, pero con algo más, con algo más. Archie había percibido otra faceta en la voz: una tranquilidad, una determinación mortales. Genial. El crío estaba listo. Archie se regocijó con su triunfo. El crío quería salir a pelear. Quería un poco de acción.

—¿Quieres desquitarte, Renault? —le pinchó

Archie—. ¿Devolver el golpe? ¿Vengarte? ¿Demostrarles lo que piensas de su condenado chocolate?

—¿Y cómo puedo hacer todo eso? —la voz estaba a la defensiva, pero mostraba interés. Un claro interés.

—Es sencillo, sencillo —replicó Archie—. Si no eres un cobardica, claro —la presión, siempre la presión.

Renault se quedó callado.

—Hay un tío que se llama Janza. Es un tío asqueroso de verdad, sin ninguna clase. Poco más que un animal. Y se ha corrido la voz de que le hizo falta la ayuda de un puñado de tipos para darte una buena. Así que he pensado que deberíamos arreglar el asunto. En una asamblea en la pista de atletismo. Con guantes de boxeo. Todo bajo control. Te estoy ofreciendo un modo de desquitarte de todo el mundo, Renault.

—¿De ti también, Archie?

—¿De mí? —la voz era la inocencia y la gentileza personificadas—. ¿Por qué diablos de mí? Yo me he limitado a cumplir con mi obligación. Te dí una misión: no vendas chocolate; y luego te dí otra: véndelo. Del resto te encargaste tú solito, tío. Yo no te pegué. No creo en la violencia. Pero fuiste tú el que cogiste y encendiste la mecha...

Nuevo silencio en el teléfono. Archie aumentó la presión, suavizando la voz, engatusándolo, empujándolo.

—Escucha, tío, te estoy dando esta oportunidad porque creo en el juego limpio. Tienes la ocasión de acabar con todo el asunto y dedicarte a otras cosas. Joder, la vida tiene que ser algo más que una asquerosa venta de chocolate. Tú y Janza solos en el cuadrilátero, cara a cara, respetando todas las reglas. Y ya está, se acabó, se terminó, finito. Te lo garantizo yo. Archie te lo garantiza.

Y el crío había caído, había mordido el anzuelo, el sedal y hasta el plomo, aunque la conversación había continuado dando bandazos durante un rato. Archie se había mostrado paciente. La paciencia siempre produce sus frutos. Y se había llevado el gato al agua, por supuesto.

Ahora, contemplando su obra, los graderíos atestados y las frenéticas idas y venidas de la venta de boletos para la rifa y de las órdenes que cada uno garabateaba en sus boletos, Archie se regocijó en silencio. Se había metido en el bolsillo a Renault y a León y a los Vigils y a toda la condenada escuela. Me puedo meter en el bolsillo a quien me dé la gana. Soy Archie.

"Imagínate que eres un reflector de teatro", se dijo Obie, "un reflector que recorre todo este sitio, que se para aquí y allá, y que se demora en otros puntos, recogiendo lo más importante del acontecimiento, de esta ocasión histórica. Porque hay que admitirlo, esto sí que es importante, y Archie, ese sinvergüenza, ese listo, listísimo sinvergüenza, lo ha vuelto a conseguir. Fíjate en él allí abajo, cerca del cuadrilátero, como si fuese el rey de todo lo que tiene a la vista. Y es que lo es, por supuesto. Tiene a Renault ahí, pálido y tenso, como si estuviera frente a un pelotón de fusilamiento, y a Janza, ese animal, un animal encadenado esperando el momento en que pueda abalanzarse".

Obie, el reflector, se concentró en Renault. Pobre imbécil condenado de antemano. No puede ganar y no lo sabe. No contra Archie. Nadie gana contra Archie.

Archie, que había rozado la derrota —qué espectáculo más maravilloso el de la última reunión de los Vigils, cuando lo habían tenido allí, humillado—, pero que ahora volvía a estar en la cresta de la ola, con todo el chocolate vendido, volviendo a sujetar la sartén por el mango, con la escuela entera en la palma de la mano. Todo lo cual sirve para demostrar que los humildes no heredarán la tierra. Nada muy original. Archie debía de haberlo dicho ya en otra ocasión.

"No muevas. Ni un músculo. Limítate a esperar. A esperar hasta que pase algo: esperar y ver."

A Jerry se le había dormido la pierna izquierda.

"¿Cómo se te puede dormir la pierna izquierda estando de pie?"

"No lo sé. Pero se me ha dormido."

"Los nervios, probablemente. La tensión."

Fuera como fuese, sentía un hormigueo que le recorría las piernas y tuvo que hacer un esfuerzo para no moverse. No osaba moverse. Tenía miedo de descoyuntarse si se movía.

Ahora ya sabía que venir aquí había sido un error, que Archie le había mentido, engañado. Durante unos breves instantes, mientras la voz de Archie susurraba arrebatadoras palabras de dulce venganza, sugiriendo la pelea como forma de ponerle fin a todo, Jerry había llegado a creer que era posible, que cabía la posibilidad de vencer a Janza y a la escuela, e incluso a Archie. Había pensado en su padre y en su terrible aire de derrota cuando había pegado la oreja al teléfono la otra noche, para finalmente dejarlo descolgado sobre la mesa, rindiéndose. "Yo no me rindo", se había jurado Jerry mientras oía las palabras incitantes de Archie. Además, estaba loco por tener una ocasión de enfrentarse a Janza. Janza, que lo había llamado mariquita.

Así que había accedido a vérselas con Janza en un combate de boxeo, y Archie ya lo había traicionado. Y había traicionado a Janza también. Primero había dejado que los condujeran a la plataforma, que los desnudasen hasta la cintura para ponerse a temblar ligeramente al aire de la noche, y que les dieran guantes de boxeo. Y luego Archie, con los ojos reluciendo de triunfo y malicia, les había explicado las reglas. ¡Menudas reglas!

Jerry había estado a punto de protestar cuando Janza abrió la boca:

—Por mí, vale. Puedo ganarle a este tío de cualquier modo que se te ocurra.

Y Jerry comprendió, para su desgracia, que Archie había contado con la reacción de Janza, con la reacción de la gente que iba llenando el estadio. Había sabido que Jerry no podía echarse atrás a esas alturas, que había cruzado la raya. Archie le había dirigido una de sus nauseabundas sonrisas de ternura a Jerry.

—¿Y tú, qué dices, Renault? ¿Aceptas las reglas?

¿Qué podía decir? Después de las llamadas telefónicas y de la paliza. Después de la profanación de su armario. Del vacío. Del empujón por las escaleras. De lo que le hicieron al Cacahuete, al hermano Eugene. De lo que los tipos como Archie y como Janza le hacían a la escuela. De lo que le harían al mundo cuando dejasen Trinity.

Jerry se puso tenso de determinación. Por lo menos tendría una oportunidad de devolver los golpes. A pesar de la desventaja que había establecido Archie con lo de los boletos de la rifa.

—Vale —había dicho Jerry.

Y ahora, allí de pie, con una pierna medio dormida, la náusea acumulándosele en el estómago y la noche enfriándole el cuerpo, Jerry hubiera querido saber si no habría perdido desde el instante mismo en que dijo "vale".

Los boletos para la rifa se estaban vendiendo como si fueran fotos pornográficas.

Brian Cochran estaba atónito, aunque no debería haberlo estado. Empezaba a acostumbrarse a sentirse atónito cuando Archie Costello entraba en acción. Primero la venta de chocolate. Y ahora esto, la rifa disparatada. Nunca había habido nada parecido en Trinity. Ni en ninguna otra parte. Y tenía que admitir que no dejaba de pasárselo bien, a pesar de que había protestado cuando Archie se le había acercado esa tarde para pedirle que se ocupara de la rifa.

—Lo hiciste de primera con el chocolate —le dijo Archie.

El cumplido había derribado las barreras de la oposición de Brian. Además, tenía un miedo mortal de Archie y de los Vigils. Supervivencia individual, ése era el credo de Brian.

Había vuelto a sentirse presa de las dudas cuando Archie le explicó cómo funcionarían la rifa y el combate.

¿Cómo vas a conseguir que Renault y Janza accedan? Brian quería saberlo.

—Es fácil —le aseguró Archie—. Renault quiere vengarse de Janza, y Janza es una bestia. Y, además, no se podrán echar atrás cuando la escuela entera los esté mirando —luego, la voz de Archie había retomado su frialdad y Brian había sentido un encogimiento interior—. Tú limítate a cumplir con tu misión, Cochran; vende los boletos. Los detalles déjamelos a mí.

Así que Brian había reclutado a un puñado de tíos para la venta. Y Archie había tenido razón, por supuesto, porque allí estaban, Renault y Janza, subidos a la plataforma, y los boletos se seguían vendiendo como si el mundo se fuera a acabar esa misma noche.

Emile Janza estaba cansado de que lo trataran como al malo de las películas. Así era como le hacía sentirse Archie. "Eh, animal", le solía decir. Y Emile no era ningún animal. Tenía sentimientos, como cualquier hijo de vecino. Como aquel tío de aquella cosa de Shakespeare que habían estudiado en primero de lengua y literatura. "Cortadme, ¿acaso no sangro?" Vale, le gustaba un poco andar dando por saco, que la gente se pusiera nerviosa. Era cosa de la naturaleza humana, ¿no? Uno tenía que estar protegiéndose todo el rato. Había que dar duro antes de que te dieran a ti. Mantener inquieta a la gente... y asustada. Como Archie con la llevada y traída foto que ni siquiera existía. Archie le había convencido de que no había foto alguna. Cómo iba a haber tal foto, le había razonado.

—¿Te acuerdas lo oscuro que estaba aquel día el lavabo? Y yo no llevaba flash. Y tampoco había película en la cámara. Y, si la hubiese habido, no me hubiera dado tiempo de enfocar.

La verdad había supuesto para Emile un alivio, a la vez que le daba una rabia que lo ponía fuera de sí. Pero Archie le había indicado que debía dirigir su rabia a gente como Renault.

—Joder, Emile, tus enemigos son los tíos como Renault, no los tíos como yo. Son los santurrones, Emile, los que nos joden a nosotros, los que tocan el silbato y escriben las reglas —y entonces Archie se había sacado de la manga el clímax, la trompeta final—; además, la gente va a empezar a hablar de la paliza que le dieron a Renault, de cómo tuviste que pedir ayuda a otros porque no podías hacerlo tú solo...

Emile miró hacia el otro lado del escenario, hacia Renault. Tenía grandes ansias de luchar. De demostrar lo que valía delante de la escuela entera. Al diablo con todas las chorradas psicológicas que Archie le había obligado a usar, todo aquello de decirle a Renault que era mariquita. Debería haber utilizado los puños y no la boca.

Estaba impaciente por empezar. Por destrozar a Renault delante de todo el mundo, pusiera lo que pusiese en los boletos de la rifa.

Y en un rincón de su mente aún seguía agazapada la duda. ¿No tendría Archie realmente esa foto suya en el lavabo?

Capítulo 36

Los boletos para la rifa.

¡Increíble!

Archie no había visto aún ninguno de los boletos, y paró a uno de los tíos reclutados por Brian Cochran como vendedores.

—Déjame ver —le dijo Archie, extendiendo la mano.

El chico obedeció rápidamente, y a Archie le agradó tanta sumisión. "Soy Archie. Mis deseos son órdenes".

Con el sonido del público inquieto en los oídos, Archie examinó el papel. En el boleto estaban garabateadas las palabras:

Janza
Directo a la mandíbula
Jimmy Demers

Ahí radicaba la sencilla y apabullante genialidad de la rifa, el toque inesperado que había hecho famoso a Archie Costello, lo que siempre sabían que Archie era capaz de hacer: subirse a la cresta de la ola. De un solo golpe, Archie había obligado a Renault a presentarse, a convertirse en parte de la venta del chocolate, y además lo había colocado a merced del colegio, de los alumnos. Los combatientes carecerían de voluntad propia en la plataforma. Tendrían que pelear como se lo ordenara la gente del graderío. Todo el que comprase un boleto —¿y quién se podía negar?— tenía una oportunidad de incorporarse al combate, de ver a dos tipos destrozándose mientras ellos se mantenían a una prudente distancia, sin el más mínimo riesgo de hacerse pupa. Lo único complicado había sido lograr traer a Renault aquí esta noche. Una vez que lo tuviera subido a la plataforma, Archie sabía que no podría negarse a continuar, ni siquiera cuando se enterase de lo de los boletos. Y así había sido. Genial.

—Se están vendiendo como rosquillas, Archie —dijo Carter acercándose.

A Carter le había encantado la idea del combate. Era un amante del boxeo. De hecho, había comprado dos boletos y se lo había pasado en grande decidiendo qué golpes pedir. Finalmente, se había decidido por un golpe cruzado de derechas a la mandíbula y por un gancho. En el último instante había estado a punto de asignarle los golpes a Renault. Había que darle al crío una oportunidad. Pero Obie andaba cerca, Obie, el especialista en andar metiendo la nariz en los asuntos de los demás. Así que Carter había escrito el nombre de Janza. Janza, aquella bestia siempre dispuesta a saltar cuando Archie le decía "salta".

—Parece que va a ser una noche genial —dijo ahora Archie con aquel tonillo de sabelotodo que tanto odiaba Carter—. Ya ves, Carter. Por algo te dije que todo el mundo estaba dejándose llevar por el pánico sin motivo.

—No sé cómo lo haces, Archie —se vio obligado a admitir Carter.

—Es sencillo, Carter; sencillo.

Archie se deleitó en aquel instante, dejándose acariciar por la admiración de Carter, el mismo Carter que lo había humillado en la reunión de los Vigils. Algún día se desquitaría de él, pero de momento le bastaba con aquella mirada de asombro y envidia.

—Como puedes ver, Carter, la gente es una mezcla de dos cosas: avaricia y crueldad. Por eso el montaje que tenemos aquí es perfecto. La parte de la avaricia: cada uno paga un pavo a cambio de la oportunidad de ganar cien. Con una bonificación de cincuenta cajas de chocolate. Y la parte de la crueldad: ver cómo dos tíos se pegan, incluso quizá se hacen daño de verdad, mientras ellos se quedan sanos y salvos en el graderío. Ésa es la razón de que funcione, Carter, porque todos somos unos despreciables.

Carter disimuló su asco. Archie le repelía en muchos sentidos, pero sobre todo por la forma que tenía de hacer que todo el mundo se sintiera sucio, infectado, contaminado. Como si no hubiera lugar para la bondad en el mundo. Y, sin embargo, Carter debía admitir que tenía ganas de ver el combate, que él mismo no había comprado uno, sino dos boletos. ¿Acaso eso lo convertía en un ser como todos los demás: avaricioso y cruel, como dijera Archie? La pregunta le sorprendió. Joder, pero si él siempre se había considerado un tipo decente. Con frecuencia había aprovechado su cargo como presidente de los Vigils para mantener bajo control a Archie, para evitar que se le fuera la mano con las misiones. ¿Pero acaso bastaba eso para considerarse un tipo decente? La pregunta le resultaba incómoda a Carter. Eso era lo que odiaba de Archie. Aquel tío te hacía sentir culpable todo el rato. Qué hostias, el mundo no podía ser tan malo como lo pintaba Archie. Pero, al oír los gritos de la gente en el graderío, impacientándose porque aún no había comenzado el combate, Carter se preguntó si no lo sería realmente.

233

Archie se quedó mirando a Carter, que se alejaba con expresión incómoda y confusa. Perfecto. Le quemaban los celos. ¿Y quién no sentiría celos de alguien como Archie, que siempre acababa subido a la cresta de la ola?

—Está todo vendido, Archie —le informó Cochran.

Archie asintió con la cabeza, adoptando el papel de héroe silencioso.

❖❖❖

Había llegado el momento.

Archie levantó la cabeza hacia el graderío en lo que pareció convertirse en una especie de señal. Un estremecimiento recorrió a la multitud, una aceleración del ritmo, una cascada de emoción. Todas las miradas estaban clavadas en la plataforma donde Renault y Janza ocupaban rincones opuestos.

Frente a la plataforma se hallaba situada una pirámide de chocolate, las últimas cincuenta cajas. Las luces del estadio resplandecían.

Carter, mazo en mano, avanzó hasta el centro de la plataforma. No había nada sobre lo que descargar un mazazo, así que se limitó a levantarlo en el aire.

El público respondió con un aplauso, gritos de impaciencia, chillidos estridentes.

—¡Vamos allá! —aulló alguien.

Carter hizo un ademán pidiendo silencio.

Pero ya reinaba el silencio.

Archie se dirigía hacia la plataforma para contemplar el evento más de cerca y respiró profundamente, como si estuviera sorbiendo su más glorioso momento. Pero soltó el aire, sorprendido, y se detuvo en seco cuando vio a Obie avanzando por la plataforma con la caja negra entre las manos.

Obie sonrió con malicia al ver a Archie allí de pie asombrado, boquiabierto por la sorpresa. Nadie había logrado nunca sorprender al gran Archie de aquel modo, y el momento glorioso de Obie fue algo lleno de hermosura. Le hizo una seña con la cabeza a Carter, que ya estaba de camino para escoltar a Archie hasta la plataforma.

Carter se había mostrado receloso en lo de usar la caja negra, aduciendo que aquello no era una reunión oficial de los Vigils. ¿Cómo vamos a obligar a Archie a sacar bola?

Obie tenía la respuesta preparada, el tipo de respuesta que hubiera dado el propio Archie.

—Porque ahí fuera hay cuatrocientos tíos pidiendo sangre a gritos. Y porque ya no les importa de quién sea la sangre. Toda la escuela sabe lo de la caja negra, ¿así que cómo va a poder Archie echarse atrás?

Carter le señaló que no había garantías de que Archie sacara la bola negra. La negra significaría que tendría que ocupar el sitio de uno de los combatientes. Pero había cinco bolas blancas y una sola negra en la caja. Archie había tenido la suerte a su favor durante toda su carrera como planificador de misiones. Nunca había sacado la negra.

—Es una cuestión de cálculo de probabilidades —le había dicho Obie a Carter—. Tendrá que sacar dos bolas: una por Renault y otra por Janza.

Carter había mirado fijamente a Obie.

—¿No podríamos...? —y su voz se había convertido en un signo de interrogación.

—No podemos amañarlo, de ningún modo. ¿De dónde iba a poder sacar yo seis canicas negras, por lo que más quieras? Y, además, Archie es muy listo: nunca se la podríamos dar con queso. Pero sí podemos darle un susto de muerte. ¿Y quién sabe? A lo mejor se le ha acabado la suerte.

Y así habían llegado a un acuerdo. Obie aparecería con la caja negra justo en el instante antes de que comenzaran el sorteo y la pelea. Y eso exactamente estaba haciendo ahora al cruzar la plataforma hasta el centro, mientras Carter bajaba por Archie.

—Sois de lo que no hay, ¿lo sabíais? —dijo Archie, apartando bruscamente la mano de Carter—. Puedo subir hasta ahí yo solito, Carter. Y volveré a bajar; te lo aseguro.

La ira de Archie adoptó la forma de un nudo duro y frío en el pecho, pero se comportó con una calma gélida. Como de costumbre. Tenía el presentimiento de que nada podía salir mal. "Soy Archie."

La aparición de la caja negra dejó tan atónitos a los reunidos que el silencio fue aún más profundo que antes. Sólo la habían visto los miembros de los Vigils y sus víctimas. A la luz chillona de los focos del estadio, la caja resultó ser un objeto gastado y raído, un pequeño recipiente de madera que bien podría haber sido un joyero que alguien había tirado a la basura. Y, sin embargo, constituía una leyenda en la escuela. Para las víctimas potenciales, era la posibilidad de liberación, una protección, un arma que usar contra el poder de los

Vigils. Otros dudaban de su existencia: Archie Costello nunca permitiría algo así. Pero allí estaba la caja negra. A la vista. En frente de toda la puñetera escuela. Y Archie Costello la miraba y extendía la mano para sacar una bola.

La ceremonia duró tan solo alrededor de un minuto porque Archie insistió en acabar rápidamente, antes de que nadie se diera cuenta de lo que estaba pasando. Cuanto menos dramatismo mejor. No había que dejarles a Obie y a Carter que montaran el número. Así, antes de que nadie pudiera protestar, Archie había sacado rápidamente una bola de la caja. Blanca. Obie se quedó boquiabierto por la sorpresa. Las cosas estaban yendo demasiado de prisa. Había querido que Archie se retorciera de angustia; que el público se diese cuenta de lo que estaba pasando allí. Había querido prolongar la ceremonia; sacarle a la situación todo el dramatismo y emoción que fuera posible.

La mano de Archie volvió a salir disparada, y ya era demasiado tarde para que Obie pudiese evitarlo. Pero contuvo el aliento.

La bola estaba escondida en el puño de Archie. Levantó el puño, a la vista del público. Mantuvo la espalda erguida como un palo. La bola tenía que ser blanca. No había alcanzado este instante para que se lo negaran en el último momento. Dejó que se le dibujara una sonrisa en los labios mientras miraba al público, jugándoselo todo en aquella demostración de confianza.

Abrió la mano y sostuvo la bola a la vista de todos. Blanca.

Capítulo 37

El Cacahuete había llegado en el último momento y se había abierto paso entre el torbellino humano hasta alcanzar la parte superior del graderío. No había tenido ningún deseo de venir. Se había lavado las manos en todo lo tocante a la escuela y a sus crueldades, y no había querido presenciar las humillaciones cotidianas de Jerry. Además, la escuela le recordaba sus propias traiciones y deserciones. Durante tres días seguidos, se había quedado en cama. Enfermo. No estaba nada seguro de si había estado enfermo de verdad o si su conciencia se le había rebelado, infectándole el cuerpo, dejándolo débil y lleno de náuseas. En cualquier caso, la cama se había convertido en su mundo particular: un lugar pequeño y seguro sin gente, sin los Vigils, sin el hermano León; un mundo sin chocolate que vender, sin aulas que destruir, sin gente a la que destruir. Pero alguien le había llamado para contarle lo de la pelea entre Jerry y Janza. Y lo de los boletos de la rifa que dirigirían la pelea. El Cacahuete había gemido en señal de protesta. La cama se había vuelto insoportable. Había estado revolviéndose todo el día, merodeando por la cama como un animal a la caza del sueño, de la inconsciencia y del olvido. No quería acudir a la pelea. Jerry no tenía la más mínima posibilidad de ganar. Pero tampoco podía quedarse en la cama. Por fin, desesperado, se había levantado y vestido rápidamente, haciendo caso omiso de las protestas de sus padres. Había cruzado la ciudad en autobús y caminado medio kilómetro hasta el estadio. Ahora estaba acurrucado en su asiento, mirando hacia la plataforma, escuchando a Carter explicar las reglas de aquel combate disparatado. El horror.

—...y quienquiera que haya escrito el golpe que ponga fin al combate, ya sea por nocáut o abandono, recibirá el premio...

Pero la muchedumbre aguardaba el comienzo de la acción con impaciencia. El Cacahuete miró a su alrededor. Aquella gente sentada en los bancos le era conocida. Eran compañeros de clase. Pero de repente se habían convertido en extraños. Tenían la vista clavada febrilmente en la plataforma. Algunos chillaban: "¡Mátalo, mátalo...!" El Cacahuete se estremeció en medio de la noche.

Carter avanzó hasta el centro de la plataforma, donde Obie sostenía una caja de cartón. Carter metió la mano y sacó un pedazo de papel.

—John Tussier —proclamó—. Ha escrito el nombre de Renault —murmullos de desilusión y unos cuantos abucheos dispersos—. Quiere que Renault le dé a Janza un derechazo a la mandíbula.

Reinó el silencio. Había llegado la hora de la verdad. Renault y Janza estaban frente a frente, a una distancia equivalente a la de sus brazos extendidos. Se habían colocado en la postura tradicional de los boxeadores, guantes levantados, listos para el combate, pero presentando una patética parodia de los luchadores profesionales. Ahora, Janza obedeció las reglas. Bajó los brazos, dispuesto a encajar el golpe de Jerry sin resistirse.

Jerry metió los hombros y amartilló el puño. Llevaba

esperando aquel momento desde el instante mismo en que la voz de Archie lo había incitado por teléfono. Pero ahora vaciló. ¿Cómo iba a pegarle a nadie, ni siquiera a un animal como Janza, a sangre fría? "No soy un boxeador", protestó en silencio. "Pues, entonces, acuérdate de cómo organizó Janza lo de aquellos tíos que te dieron la paliza".

La multitud estaba inquieta.

—¡Acción, queremos acción! —gritó alguien.

Y el grito fue secundado por otros.

—¿Qué pasa, mariquita? —se burló Janza—. ¿Tienes miedo de hacerte pupa en la manita si le pegas al grandullón y fortachón de Emile?

Jerry lanzó el puño hacia la mandíbula de Janza, pero se había girado demasiado rápidamente, sin apuntar bien. El golpe estuvo a punto de no alcanzar el blanco y acabó rozando la mandíbula de Janza sin ningún efecto. Janza sonrió.

El aire se llenó de abucheos.

—¡Tongo! —gritó alguien.

Carter le hizo un ademán a Obie para que trajera rápidamente la caja. Podía percibir la impaciencia de la multitud. Habían pagado y querían acción. Ojalá estuviera el nombre de Janza en el próximo boleto. Y estaba. Un tal Marty Heller había ordenado a Janza que lanzara un gancho de derecha a la mandíbula de Jerry. Carter proclamó la orden en voz alta.

Jerry se plantó firmemente, como un árbol.

Janza se preparó, sintiéndose ofendido por los gritos de la multitud. Sólo porque Renault era un cobardica:—Pues yo no soy ningún cobardica. Ahora van a ver lo que es bueno —tenía que demostrar que aquel enfrentamiento era auténtico. Si Renault no quería pelear, entonces por lo menos Emile Janza lo haría.

Golpeó a Jerry con todas las fuerzas de que era capaz. El impacto le surgió de los pies, recorriéndole las piernas, los muslos, el tronco. La potencia del golpe latió a través de su cuerpo como si fuese una fuerza primigenia, hasta que entró en erupción a través del brazo, y le estalló en el puño.

Jerry se había preparado para el golpe, pero lo cogió desprevenido por su brutalidad y su maldad. El planeta entero se agitó por un instante, el estadio se tambaleó y las luces se balancearon. En el cuello sintió un dolor atroz. La cabeza se le había disparado hacia atrás al recibir el impacto del puño de Janza. Salió despedido y luchó con todas sus fuerzas por mantenerse en pie. Y de algún modo se las arregló para no caerse. Tenía la mandíbula ardiendo y un sabor acre en la boca. Tal vez sangre. Pero apretó los labios. Meneó la cabeza con rápidos movimientos destinados a recuperar la claridad de visión, y logró volver a aposentarse en el mundo.

Antes de que pudiera recuperarse, la voz de Carter proclamó: "Janza, un derechazo al estómago". Y Janza lo golpeó sin previo aviso con un puñetazo corto e incisivo que no alcanzó a Jerry en el estómago sino en el pecho. Se le cortó el aliento, como le pasaba en el fútbol, pero lo recuperó en seguida. Sin embargo, aquel golpe no había tenido la potencia del gancho. Jerry se volvió a agazapar, puños en alto, aguardando la orden siguiente. A lo lejos, oyó a la muchedumbre animando y abucheando a un tiempo, pero se concentró en Janza, que estaba frente a él con su sonrisa de imbécil dibujada en el rostro.

El siguiente boleto le dio a Jerry la oportunidad de devolverle el golpe a Janza. Un alumno del que Jerry nunca había oído hablar, un tal Arthur Robilard, pedía un golpe cruzado de derecha, fuera lo que fuese. Jerry sólo tenía una vaga idea de lo que podía ser, pero ahora sí quería golpear a Janza, pagarle por aquel primer puñetazo lleno de maldad. Encogió el brazo derecho. Notó un sabor a bilis en la boca. Lanzó el brazo. El guante lo alcanzó en pleno rostro y Janza dio unos pasos tambaleantes hacia atrás. El resultado sorprendió a Jerry. Nunca le había pegado así a nadie, con ira, con premeditación. Había disfrutado encauzando toda su potencia hacia el blanco, liberando todas sus frustraciones, contraatacando por fin, lanzando un golpe como un latigazo, obteniendo su venganza de una vez por todas, venganza no sólo contra Janza, sino contra todo lo que representaba.

Sorprendido, Janza abrió desmesuradamente los ojos ante la fuerza que latía bajo el golpe de Jerry. Su primera reacción fue la de devolver el golpe, pero logró contenerse.

"Janza. Gancho de izquierda", resonó la voz de Carter.

Y otra vez aquel dolor rápido, la sensación de que se le iba a partir el cuello al salir despedido hacia atrás, cuando Janza, sin pausa ni preparación alguna, lanzó su puño. Jerry retrocedió con paso inseguro. ¿Por qué le cedían las piernas cuando el golpe se lo habían dado en la mandíbula?

La gente chillaba en los graderíos pidiendo más acción. El griterío estremeció a Jerry.

—¡Acción, queremos acción! —gritaba el público

sin cesar.

Ése fue el momento en que Carter cometió el error. Cogió el trozo de papel que le ofrecía Obie y leyó la orden sin pensárselo.

"Janza, golpe bajo a la ingle". Nada más pronunciar las palabras, Carter se dio cuenta de su equivocación. No habían advertido a la muchedumbre sobre los golpes prohibidos, y siempre había algún listillo dispuesto a pasarse de la raya.

Al oír las palabras, Janza apuntó a la pelvis de Jerry. Éste vio el puño. Levantó los suyos y miró a Carter, con la sensación de que había algo que no estaba bien. El puño de Janza se le hundió en la parte baja del estómago, pero Jerry había desviado parcialmente la fuerza del golpe.

La multitud no entendió lo ocurrido. La mayoría no había oído la orden con el golpe prohibido. Sólo vieron que Jerry había intentado defenderse, y ése era un acto contrario a las reglas. "¡Mátalo, Janza!", exclamó una voz desde el gentío.

Janza también se sintió confuso, pero sólo por un instante. Qué hostias, él había cumplido con las reglas y allí estaba Renault, el muy cobardica, rompiéndolas. A la mierda con las reglas. Janza dejó volar los puños en una ráfaga de violencia, golpeando a Renault casi a placer, en la cabeza, en las mejillas, en el estómago una vez. Carter se retiró al extremo de la plataforma. Obie había salido huyendo al presentir el desastre. ¿Dónde demonios estaba Archie? Carter no conseguía verlo.

Jerry hizo todo lo que pudo para defenderse de los puños de Janza, pero era imposible. Janza era demasiado fuerte y demasiado rápido, todo él instinto desbocado, como un animal que olfatea a la presa. Finalmente, Jerry se cubrió rostro y cabeza con los guantes, dejando que llovieran los golpes, pero esperando, esperando. La muchedumbre se había convertido en un torbellino, gritando, animando, incitando a Janza a continuar.

Otra ocasión de darle a Janza, eso era lo único que deseaba Jerry. Agazapado, encajando el castigo, Jerry continuaba su espera. Le pasaba algo en la mandíbula, el dolor era intenso, pero no le importaba si podía darle otra vez a Janza, recrear aquel maravilloso puñetazo que le había propinado antes. Estaba recibiendo golpes en todas partes y los ruidos de la muchedumbre adquirieron vida propia, como si alguien hubiese subido el volumen en un monstruoso equipo de música.

Emile se estaba empezando a cansar. A aquel tío no le daba la gana de caerse. Echó el brazo hacia atrás, deteniéndose por un instante, buscando apuntar bien, deseoso de propinar el golpe definitivo y devastador. Y ése fue el momento en que Jerry vio su oportunidad. A través de su dolor y de sus náuseas, descubrió que el pecho y el estómago de Janza se hallaban desprotegidos. Se lanzó, y volvió a ser maravilloso. Toda la potencia de sus fuerzas y determinación y sed de venganza cogieron a Janza desprevenido, desequilibrado. Janza salió tambaleándose hacia atrás, con la sorpresa y el dolor dibujados a fuego en el rostro.

Con sensación de triunfo, observó a un Janza que vacilaba y al que le temblaban las rodillas. Jerry se giró hacia la muchedumbre buscando... ¿qué? ¿Aplausos? Estaban abucheando. Le abucheaban a él. Sacudió la cabeza, tratando de recuperarse. Entrecerró los ojos y vio a Archie entre la muchedumbre. Era un Archie sonriente, exultante. Jerry se sintió abrumado por una nueva oleada de náuseas, las náuseas de darse cuenta en qué se había convertido: en otro animal, en otra bestia, en otra persona violenta en un mundo violento, dedicado a causar daño, no a turbar el universo, sino a dañarlo. Y era él quien le había permitido a Archie que se lo hiciera.

¿Y la muchedumbre ahí en frente a la que había querido impresionar? ¿Ante la que había querido demostrar su valía? Con un carajo, pero si querían que perdiese, pero si querían verlo muerto, por Dios santo.

El puño de Janza lo alcanzó en la frente, y dejó a Jerry trazando eses por la plataforma. Su estómago se convirtió en un agujero cuando el puño de Janza se le hundió en la carne. Se llevó las manos a la barriga en un gesto defensivo y su rostro encajó dos golpes devastadores. Sintió que le destrozaban el ojo izquierdo, que le aplastaban la pupila. Su cuerpo era un aullido de dolor.

Horrorizado, el Cacahuete contó los puñetazos que lanzaba Janza a su adversario indefenso. Quince, dieciséis. Se puso de pie de un salto.

—Para, para.

Pero nadie le oía. Su voz se perdió entre el tronar de las voces que chillaban, de las voces que exigían a gritos la matanza... "Mátalo, mátalo". El Cacahuete observó con impotencia cómo se desplomaba Jerry finalmente sobre el escenario, ensangrentado, boquiabierto, debatiéndose para poder respirar, con los ojos vidriosos, la carne tumefacta. El cuerpo de Jerry se quedó por un instante en la postura de un animal herido y luego se vino abajo, como un trozo de carne al soltarse del gancho del carnicero.

Y se apagaron las luces.

Obie nunca olvidaría aquel rostro.

Un instante antes del apagón, apartó la vista de la plataforma, asqueado ante el espectáculo de la paliza que le estaba propinando Janza a aquel crío de Renault. De todas formas, la visión de la sangre siempre le daba náuseas.

Al desviar la vista del graderío, la dirigió hacia un montículo que dominaba el campo de deportes. Aquel montículo era de hecho una inmensa peña incrustada en el paisaje, cubierta en parte de musgo y en parte de pintadas obscenas que había que estar borrando casi todos los días.

Obie detectó un movimiento. En ese instante vio el rostro del hermano León. Estaba en la cresta del montículo con un abrigo negro echado sobre los hombros. Bajo el reflejo de los focos del estadio, su rostro tenía todo el aspecto de una moneda reluciente. "Qué desgraciado", pensó Obie. "Lleva ahí todo el rato, me juego lo que sea, observándolo todo".

El rostro se desvaneció al reinar la oscuridad.

La oscuridad fue súbita y profunda.

Como si un gigantesco borrón de tinta hubiese caído sobre el graderío, sobre la plataforma, sobre el estadio entero. Como si se hubiera producido la disolución del mundo, su devastación.

"Mierda", pensó Archie al tiempo que se alejaba con dificultad del graderío para dirigirse a la caseta en la que estaban los controles eléctricos.

Tropezó, se cayó y se levantó a tientas.

Alguien le dio un empujón al pasar. El escándalo procedente del graderío era espantoso. La gente chillaba y gritaba, mientras algunos salían despedidos de sus asientos. Varias llamitas rasgaron la oscuridad a la vez que se encendían cerillas y mecheros.

"Imbéciles", pensó Archie, "son todos unos imbéciles". Él era el único con cerebro suficiente para ir a la caseta de control a ver cuál había sido la causa del apagón.

Tras tropezar con un cuerpo caído, Archie se abrió paso hasta la caseta con los brazos extendidos ante sí. Al llegar a la puerta se volvieron a encender los reflectores con una intensidad cegadora. Deslumbrado, parpadeando, Archie abrió la puerta de un empujón y se topó con el hermano Jacques, que tenía la mano sobre el conmutador.

—Bienvenido, Archie. Supongo que el malo de esta película serás tú, ¿verdad? —la voz era tranquila, pero el desprecio con que le hablaba resultaba inconfundible.

Capítulo 38

—Jerry.

Oscuridad húmeda. ¿No es gracioso?: la oscuridad no debería ser húmeda. Pero lo era. Igual que la sangre.

—Jerry.

Pero la sangre no era negra. Era roja. Y todo era negro a su alrededor.

—Vamos, Jerry.

¿Vamos adónde? Le gustaba donde estaba, en la oscuridad, fresca y cálida y húmeda.

—Eh, Jerry....

Voces que llamaban desde fuera de la ventana. Cierra la ventana, ciérrala. Que las voces se queden fuera.

— Jerry...

Ahora había tristeza en esa voz. Más que tristeza.... miedo. Había algo de miedo en esa voz.

De repente, el dolor se presentó certificando su existencia; lo hizo volver a la realidad. Aquí y ahora. Dios mío, y qué dolor.

—Tranquilo, Jerry, tranquilo —decía el Cacahuete, meciendo a Jerry, sosteniéndolo en brazos.

La plataforma volvía a estar brillantemente iluminada, como una mesa de operaciones, pero el estadio estaba casi vacío. Aún quedaban aquí y allá unos cuantos curiosos que se habían rezagado. Con amargura, el Cacahuete había visto cómo se marchaba la gente, cómo los echaban el hermano Jacques y un par de profesores más. La gente había evacuado aquel lugar como si dejaran la escena de un crimen, bajo una extraña sensación de abatimiento. El Cacahuete se había abierto paso hacia el cuadrilátero en la oscuridad, y finalmente había logrado llegar hasta donde estaba Jerry justo cuando se encendieron las luces.

—Será mejor llamar a un médico —le había chillado al tal Obie, el lacayo de Archie.

Obie había asentido con la cabeza, mostrando un rostro pálido y espectral a la luz de los reflectores.

—Tranquilo —decía el Cacahuete, al tiempo que apretaba a Jerry contra sí. Jerry, que se sentía roto por dentro—. Todo saldrá bien...

Jerry se irguió hacia la voz, sintiendo que necesitaba responder. Tenía que responder. Pero mantuvo los ojos cerrados, como si así pudiera cerrarle la puerta al dolor. Pero era algo más que el dolor lo que le provocaba aquella sensación de urgencia. El dolor se había convertido en la esencia de su ser. Pero aquella otra cosa le pesaba. Era una carga terrible. ¿Qué otra cosa? El conocimiento, el conocimiento: lo que había descubierto. ¿No es gracioso? De repente tenía la mente clara, separada del cuerpo, flotándole por encima del cuerpo, flotándole por encima del dolor.

—Todo saldrá bien, Jerry.

—No, no saldrá bien.

Reconoció la voz del Cacahuete y era importante compartir su descubrimiento con el Cacahuete. Tenía que decirle que cooperara, que jugase al fútbol, que corriese, que entrase en el equipo, que vendiera el chocolate, que vendiera cualquier cosa que ellos quisieran que vendieses, que hiciera cualquier cosa que ellos quisieran que hicieses. Trató de darles voz a las palabras, pero le pasaba algo en la boca, en los dientes, en el rostro. Sin embargo, continuó contándole al Cacahuete todo lo que tenía que saber: —Te dicen que hagas lo que debas hacer, pero no lo dicen de verdad. No quieren que hagas lo que debas hacer; no a menos que dé la casualidad de que también sea lo que ellos quieren que hagas. Es una burla, Cacahuete, un engaño. No turbes el universo, Cacahuete, digan lo que digan los pósters.

Abrió los ojos con un parpadeo y contempló el rostro del Cacahuete totalmente desencajado, como en una película rota. Pero pudo ver el afecto, la preocupación dibujados en su rostro: —Tranquilo, Cacahuete, ya ni siquiera me duele. ¿Lo ves? Estoy flotando, floto por encima del dolor. Pero acuérdate de lo que te he dicho. Es importante. Si no, acabarán contigo.

—¿Por qué se lo has hecho, Archie?

—No sé de qué me habla.

Archie le dio la espalda al hermano Jacques y observó a la ambulancia que salía cuidadosamente de la pista de atletismo. Aquella luz azul giratoria iba lanzando destellos de urgencia por todas partes. El médico había dicho que Renault podía haber sufrido fractura de mandíbula y que cabía la posibilidad de que hubiera lesiones internas. Lo sabrían cuando le hiciesen unas radiografías. "Qué hostias", pensó Archie, "eran los riesgos del cuadrilátero".

Jacques hizo que Archie se girara bruscamente de un tirón.

—Mírame cuando te hablo —le dijo—. Si no hubiera venido alguien a la residencia a contarme lo que estaba pasando, ¿quién sabe hasta dónde podía haber llegado? Lo que le ha pasado a Renault ya es malo de por sí, pero la violencia flotaba en el ambiente. Te podías haber encontrado con un motín entre las manos por el modo en que azuzasteis a esos chiquillos.

Archie no se molestó en contestar. El hermano Jacques probablemente se consideraba un héroe por haber apagado las luces y detenido la pelea. En lo que concernía a Archie, lo que había hecho Jacques era pura y simplemente fastidiarle la noche. Pero, de todos modos, Jacques había llegado demasiado tarde. A Renault ya le habían dado lo suyo. Demasiado rápido, más que demasiado rápido. Bastaba con dejar a Carter suelto para que jodiera todo lo que tocaba. "Un golpe bajo", ¡por todos los santos!

—¿No tienes nada que decir en tu defensa, Costello? —insistió el hermano Jacques.

Archie lanzó un suspiro, más aburrido que otra cosa.

—Escuche, hermano, la escuela quería que se vendiera el chocolate. Y lo hemos vendido. Ésta era la gratificación, sin más. Una pelea. Con reglas. Justa y limpia.

León apareció súbitamente por allí, con un brazo alrededor de los hombros de Jacques.

—Ya veo que lo tiene todo bajo control, hermano Jacques —le dijo cordialmente.

Jacques miró con frialdad a su compañero de orden.

—Creo que hemos evitado el desastre por muy poco —dijo

En su voz había un reproche, pero un reproche

suave, cauteloso, no la hostilidad que le había mostrado a Archie. Y Archie se dio cuenta de que León seguía al mando, de que seguía ostentando el poder.

—Renault recibirá los mejores cuidados, se lo aseguro —dijo León—. Los chicos, ya sabe cómo son, Jacques. Son todo ilusión. Que va, de vez en cuando pierden el control, pero es bueno contemplar toda esa energía y celo y entusiasmo —y entonces se giró hacia Archie y su voz adoptó un tono de mayor severidad, pero sin verdadera ira—. La verdad es que esta noche no te has lucido, Archie. Pero me doy cuenta de que lo hiciste por la escuela. Por Trinity.

El hermano Jacques se alejó muy digno. Archie y León se le quedaron mirando. Archie sonreía por dentro. Pero disimuló sus sentimientos. León estaba de su parte. Genial. León, los Vigils y Archie. Menudo año se iban a pasar.

La sirena de la ambulancia empezó a aullar en medio de la noche.

Capítulo 39

—Algún día, Archie—dijo Obie en tono de advertencia—, algún día...

—Corta el rollo, Obie. Ya está bien de sermones para una noche. El hermano Jacques ya me ha leído una homilía —dijo Archie con una risita—. Pero León apareció al rescate. Todo un tipo, el bueno de León.

Estaban sentados en el graderío, viendo cómo limpiaban la pista. Fue aquí donde habían visto por primera vez a Renault la tarde en que Archie lo había elegido para el encargo. La noche se había vuelto fría y Obie temblaba ligeramente. Miró hacia los postes. Le recordaban algo. Pero no conseguía acordarse de qué.

—León es un hijo de puta —dijo Obie—. Lo he visto en ese montículo de ahí, contemplando la pelea, disfrutando como un enano.

—Lo sé —dijo Archie—. Fui yo el que se lo conté. Una llamada telefónica anónima. Supuse que se lo pasaría bien. Y supuse que si estaba aquí y tomaba parte en el asunto, también nos protegería si algo salía mal.

—Algún día, Archie, las vas a tener que pagar todas juntas —dijo Obie.

Pero sus palabras eran automáticas. Archie siempre se encontraba un paso delante de todos.

—Escucha, Obie, voy a olvidar lo que habéis hecho esta noche tú y Carter y lo de la caja negra. Qué hostias, el momento era dramático. Y entiendo cómo os sentíais.

Mi comprensión hacia ti y tíos como Carter es la octava maravilla del mundo.

Archie había adoptado su pose típica cuando quería aparecer gracioso o sarcástico.

—Puede que la caja negra funcione la próxima vez —dijo Obie—. O puede que aparezca alguien como Renault.

Archie no se molestó en contestar. Las vanas ilusiones de la gente no merecían respuesta. Olfateó la atmósfera y bostezó.

—Oye, Obie, ¿qué pasó con el chocolate?

—La gente arrambló con él aprovechando la confusión. En cuanto al dinero, lo tiene Brian Cochran. Habrá que celebrar algún tipo de sorteo la semana que viene, durante la asamblea escolar.

Archie apenas le prestaba atención. No estaba interesado en nada de aquello. Tenía hambre.

—¿Estás seguro de que han desaparecido todos los chocolates, Obie?

—Segurísimo.

—¿No tendrás una barrita de chocolate o algo por el estilo?

—No.

Las luces volvieron a apagarse. Archie y Obie se quedaron un rato allí sentados, sin decir nada, y finalmente salieron a tientas, en medio de la oscuridad.

La Guerra del Chocolate

SINOPSIS ARGUMENTAL

Conmocionado por la muerte reciente de su madre y horrorizado por el modo en que su padre discurre por la vida convertido en una especie de sonámbulo, Jerry Renault, alumno de una escuela privada de enseñanza media de Nueva Inglaterra, Estados Unidos, reflexiona sobre el significado de un póster que tiene en su taquilla: *¿Acaso me atrevo yo a turbar el universo?*

Archie Costello entra a formar parte de su universo. Se trata del líder de una sociedad secreta del colegio, los Vigils, y un maestro de la intimidación. El propio Archie acaba aceptando las intimidaciones de un profesor frío y calculador para que los Vigils se conviertan en punta de lanza de la campaña anual de recogida de fondos: la venta de chocolate. Jerry se niega a dejarse coaccionar y a vender chocolate, con lo que se convierte en un héroe, pero su desafío constituye una amenaza para Archie, los Vigils y la escuela. Cuando se produce el inevitable enfrentamiento, la habilidad de Archie para la intimidación acaba convirtiendo a Jerry el héroe en Jerry el marginado, una víctima solitaria y terriblemente vulnerable.

Pequeño Comentario Sobre el libro
(ULTIMA PAGINA DE LA EDICIÓN EN INGLÉS)

¿Buscas a alguien que te haga preguntas difíciles que te obliguen a pensar? Lee a ROBERT CORMIER.

La guerra del chocolate

Jerry Renault se ve obligado a enfrentarse en un duelo psicológico contra Archie Costello, el líder de una cruel organización del colegio de Trinity, por rechazar las coacciones para la venta de chocolate en la campaña anual de recogida de fondos para la escuela.

Robert Cormier

NOTA BIBLIOGRAFICA

ROBERT CORMIER ha escrito varias novelas para jóvenes que han gozado de una excelente acogida. Entre ellas se encuentran *La guerra del chocolate,* premio al "Mejor libro para jóvenes adultos" de la Asociación Americana de Bibliotecas (ALA), premio al "Mejor libro del año" del School Library Journal (Boletín de Bibliotecas Escolares), y premio "Libro destacado del año" de The New York Times; *Yo soy el Queso,* premio "Libro notable para niños" de la ALA, "Mejor libro para jóvenes adultos" de la ALA, y "Mejor libro del año" del School Library Journal; *El abejorro vuela, digan lo que digan,* premio "Libro notable del año para niños" de la ALA y "Mejor libro para jóvenes adultos" de la ALA; así como *Mas allá de la guerra del chocolate.* Robert Corrnier vive en Leominster, estado de Massachusetts, en la costa este de los Estados Unidos.

Contraportada

Robert Cormier

NOTA AUTOBIOGRAFICA

Casi me da apuro confesar la basura que leía de niño, cuando vivía en French Hill, Leominster, en el estado norteamericano de Massachusetts. Yo estudiaba en la escuela parroquial de Santa Cecilia y si he de ser franco no puedo recordar un solo libro que llegara a mis manos en el aula, aunque me enamoré de las palabras ya en segundo o tercero de primaria, y la hermana Catherine, mi profesora de sexto y séptimo, ejerció una profunda influencia en mi futuro como escritor. Dicha influencia, sin embargo, no se debió a ningún libro que me recomendara. Los viernes por la tarde nos leía en clase el serial con las aventuras de *Tom Fairplay* [Tom Juego Limpio], que venían en una revista cuyo nombre he olvidado. *Tom Fairplay* me parecía un personaje sin sustancia —tan gris como su apellido—, aunque sin duda resultaba más interesante que las matemáticas.

Los libros de comics de la década de los 30 me proporcionaron las primeras lecturas gozosas, aunque no tenían nada ni de libros ni de cómicos. Descubrí a Superman en las páginas de las historietas de acción y me emocioné con aquella criatura del planeta Krypton que era capaz de subirse a los rascacielos de un solo salto. Aquélla fue la primera época de Batman, de Green Hornet [el Avispón Verde] y de Submariner [Submarinista]. También descubrí las revistas. Primero las más populares, como l'Vings, The Shadow y Argosy. Más adelante, llegaron los relatos de Colliers, The Saturday Evening Post (para el que estuve vendiendo suscripciones) y Liberty. El caso de Liberty era curioso porque incluían la duración de la lectura de cada relato; así, por ejemplo: "Tiempo de lectura: 5 minutos, 32 segundos". Yo siempre intentaba batir esos tiempos.

Y ésas fueron mis lecturas durante aquellos primeros años.